KB019987

그것을 이해해야 한다

그것을 이해해야 한다

박춘 수필집

도서출판 북인

책을 펴내며

어머니는 올해 아흔여덟이시다. 그분을 위해 책을 낼 결심을 했다. 작은 위로를 드리고 싶어서다.

부끄러움을 무릅쓰고 책을 낸다. 문학을 엿본다는 과욕은 늘 부끄러움이었고 민망함이었다. 아주 늦게나마 문학이 천재들, 타고난 자들만의 것이 아니고 평범한 사람들도 노력해볼 수 있는 대상이라는 발견은, 내게는 콜럼버스의 신대륙 발견에 비할 만한 사건이었다.

살다보면 이런 잘못을 범하고 저런 상처를 받고 살게 마련이다. 가슴 아픈 일도 보고 턱도 없는 횡포도 저지르고 서러운 일도, 억울한 일도 겪는다. 모두 몸 둘 곳 없는 부끄러움들이다. 더러 외로울 때도 감사하는 마음도 찾아든다. 그런 때에 한두 줄 끄적거린 것이 나의 수필이다. 수필도 못 되는 나의 수필이다. 조금씩 변할 수 있었던 것은 그런 끄적거림 덕분이다.

에세이스트 발행인이자 평론가이신 김종완 선생님께 감사드린다. 수필이라는 글의 세계로 이끌어주셨다. 그리고 글의 세계에 동행해 주신 화요반 선생님들께 깊은 감사를 드린다.

2024년 4월

차례

제4장 풍경

제5장 변명

제1장
무늬

봄길에

봄이 재빠르게 가고 있다. 하긴 봄도 오래 머물고 싶어하지 않겠다. 마당에 노란 병아리 한 마리 놀지 않고, 아지랑이 노는 들녘에 꼴 베는 더벅머리총각도 없고, 목에낭골 밭자락에 나물 캐는 댕기머리처녀 하나 없는데 누구랑 놀 것인가. 혹시 긴 겨울밤을 게으름 부린 늑장 탓에 이제사 질정 없이 서둘러야 했는가. 매일 아침 살고 있는 아파트단지 수목이 가득한 길을 십여 분 걸어나오며 하는 생각이다. 급할 것이 없어 늘 염치없어하는 행보가 이런저런 생각들로 꼬물댄다.

봄꽃은 화려하나 짧다. 봄꽃이 짧은 것은 한도 없는 화려함, 끝도 없을 욕망에 온힘을 쏟아 쉬이 탈진해버린 때문인지도 모른다. 겨우내 기다렸던 성마름이 일시에 치밀어오르는 탓인가, 봄은 꽃을 먼저 앞세우고 뒤이어 연초록 잎이 따른다. 여기저기 무리를 이룬 꽃들이 햇살에 몸을 맡기고 있는 것을 보노라면 세상이 온통 새삼스럽다. 꽃이 지고 나면 새순을 돋우며 내년에 올 봄날을 긴 기다림으로 채울 것이다. 봄꽃들과는 달리 가을꽃이 오래 견디는 것은 봄부터 여름까지 푸른 잎사귀가 먼저 힘을 돋워놓은 탓이다. 가을꽃이 화려하지 않으나 그윽하고 쉬이 지지 않는 이유도 그럴 것이다. 봄꽃이 지는 것은 어쩔 수 없이 시리다. 화려하지 말든지 짧지나 말든지…. "흘러가는 물과 지는 꽃, 들어가는 나이를 기다려달란들 들어줄 리가 없다." 문득 일본 와카의 한 소절이 무상하다.

노변을 가득 채우고 있던 왕벚꽃이 밤새 스친 비바람에 많이도 졌다. 도로 위로 꽃잎이 뒹군다. 그윽하게 내려앉은 봄볕 사이로 젊은 엄마가 유모차를 밀고 간다. 조그마한 손이 유모차 밖으로 나와 봄 햇살을 만지작거린다. 언제부터인가 흔하지 않은 풍경이다. 그지없이 이쁘고 싱그럽다. 부부가 맞벌이하는 경우가 어느 틈에 자연스러운 것이 되고 더군다나 결혼을 망설이거나 포기까지 한다는 젊음을 여기저기에서 보고 듣는다.

청춘조차 사용가치보다 교환가치가 더 커져버린 오늘의 자본주의를 닮았다. 보는 것 듣는 것이 많아지고 덩달아 아는 것이 늘어나는 통에 바라는 것마저 커져버린 탓인가, 아니면 시절이 가난은 불편한 것이 아니고 부끄러운 것이라고 선언하고 말았는가. 성공했거나 전도가 양양하거나, 혹은 금수저를 타고난 청춘은 별 어려움 없이 가정을 꾸미는 성싶다. 유모차를 밀며 봄길을 걷는 정겨운 모습에 오늘의 청춘이 맞닥뜨린 명암을 떠올리는 건 내 처지에서 오는 변명이다. 서른이 넘은 두 아들을 아직 장가보내지 못한 애비의 무능이 애꿎은 수저에 혐의를 씌우는 꼴이다.

요즈음 새롭게 눈여기게 된 것이 하나 있다. 서민들이 사는 아파트단지에는 아이들 모습이 많아 보이지 않지만 중산층 아파트단지에는 아이들 뜀박질과 웃음소리가 맑다. 아내 가게가 있는 잠실 중산층 아파트단지에서 보고 느낀 것이다. 내가 젊고 철없는 아빠였던 1980년대와는 반대현상이다. 올해엔 유난히 벌과 나비가 보이지 않는다. 어제 유일하게 흰나비 한 마리를 보았다. 서민아파트단지에 아이들 모습이 귀해지고 봄꽃에 벌과 나비가 보이지 않는 시절이란, 무엇인가 잘못되어가고 있는 것은 아닌지 별수 없는 의혹이 앞선다.

고향마을 봄은 꽃을 따라 벌과 나비가 날아들고 있을 것이다. 홀로 계신 노모는 올봄에도 마당에 돋는 풀을 매실 것이다. 올해로 아버님이 가신 지 스무 해다. 그 스무 해의 적막을 연중 한두 번 찾아가는 자식들을 탓하지 않으시고 구순의 노모는 고향마을 본가에 홀로 계신다. 무슨 마음이, 어떤 힘이 당신으로 하여금 아침 해에 하루를 맞고 마당을 가로지르는 해 그림자로 이웃을 삼게 하는가. 저무는 석양을 향해 "고단했것다. 쉬었다 내일 오니라 나도 쉴란다" 하시는가. 제 삶에 치여 돌보아드리지 못하는 자식의 무능이 당신으로 하여금 순리가 몸에 배이도록 했다면, 그도 몹쓸 효라고 위안삼아야 하는 것인지. 무능한 자식보다 마당에 돋는 풀이 당신을 푸접 삼도록 하니 풀들이 더욱 왕성하기를 빌어야 하는가. 부덕의 도리, 부모의 도리, 도리를 다하고 다하고 다한 다음, 이제 당신의 도리를 챙기는 중이신가. 어찌 세월이 이런가. 봄이 가고 있다.

9월은

9월은 곤혹스럽다. 그동안 못 보던 것, 보이지 않았던 것들을 보이도록 만드는 숨은 기세를 지녔다. 떠오르지 않던 생각이나 무심코 지나치던 관계들을 새롭게 눈여기게 한다. 어제와 크게 달라진 것 같지 않는데도 내 피부는 건조해진 공기를 감각한다. 아직 짙은 가로수 초록도 은연중 탄력을 잃어감을, 메말라가기 위해 차분해진 모습을, 정오의 햇볕에도 그늘이 짙어짐을 알게 한다. 듣고 보고 만지지 않아도 사물들이 가진 자세를 알아지도록 한다. 감각들이 심안心眼이나 심상心象으로 자리를 옮겨가는 모양이다.

그동안 무심코 지나치던 길모퉁이 건물에 정육점이 있고 2층에 동물병원이 자리잡고 있는 모습이 눈에 들어오는 것도 9월이 시키는 짓이다. 부자연스러운 일이 아니냐고 묻고 있다. 풍요와 편리가 좋은 세상일 수 있지만 풍요와 편리가 참되기 위해서는 지켜주거나 주의해줘야 하는 보이지 않는 도리가 있음을 부득부득 생각하게 만든다. 좋은 세상을, 모 시인은 "허허허 좋은 세상이란 그런 것이지 젊으나 젊은 것들이 불알 두 쪽만 갖고도 연애를 걸 수 있는 세상"(손택수 「자전거의 연애학」)이라고 노래했다는 것을 떠올리게 한다. 좋은 세상이란 좋은 사람들이 모여 사는 곳일게다. 좋은 사람이란 법 없이도 사는 사람이다. 아니 그보다 눈에 잘 보이지 않는 작고 미세한 도리를 질서보다 먼저 생각하고 스스로 앞세우는 사람이다.

낮은 환하고 밤은 어두워야 한다. 언젠가 본 위성이 전송한 사진 속 한반도는 밤의 표정에 어둠은 없었다. 북쪽을 제외한 남쪽은 어디에도 빠짐없이 불야성을 이루고 있었다. 그것이 자랑스럽기보다 안쓰러워지는 것도 9월이 알려준 것이다.

벼 포기도, 사과도, 들깻잎이나 미나리깡의 미나리까지, 올챙이든 소금쟁이든 사람이든 휴식을 취해야 할 밤의 어둠은 있어야 한다. 미나리든 소금쟁이든 생장에 휴식은 필요하다. 도시는 그렇다지만 시골마을 고샅길이든 신작로든 어디에도 어두워야 할 밤이 환한 전깃불에 휩싸여 있다는 것은 살아 있는 것들 생장리듬을 깨는 짓이다. 벼 포기도 잠을 자야 실해진다고 고향 농사꾼 아재가 혀를 차고 끌탕하던 까닭이다. 어린 날 마당에 깔린 멍석이나 평상에 누워 보았던 깨알 같은 별의 빛무리를 보지 못하는 것에도 원망 한 자락은 깔려 있다. 마을 골목길을 밝혀놓은 가로등이 시각을 방해하여 밤하늘을 가리는 탓이다.

밤의 어둠이 가득한 산 능선 위로 무수히 반짝이던 별무리를 보지 못하는 것이 아쉬운 것은 아니다. 그것들을 바라보며 가질 수 있던 원초적 두려움과 외경, 신비와 상상의 꿈을 꿀 기회조차 막히는 것이 두려운 것이다. 누군가 은하수를 건너가는 꿈을 위해서도, 샛별을 보고 반딧불이의 반짝임을 위해서도, 낮에 나올 다소곳한 반달을 위해서, 배추꽃을 찾는 흰 나비를 위해서도, 자운영을 찾는 꿀벌 때문에도, 무엇보다 낮의 밝음을 뽐내게 하기 위해서 밤의 어둠은 어두워주어야 한다.

태풍이 지나간 9월은 낮은 언덕 비탈에 내린 참나무 뿌리가 얼마나 단단하고 모진 마음으로 흙을 움켜쥐고 있는지를 기어코 알아보게 만든다. 일직선으로 뻗쳐오른 메타스퀘이아 꼭대기에 앉은 새가 고개와 꽁지깃을 움직이며 중심을 잡고 버티는 모습을 보기 위해, 어떤 녀석이 고개도 꽁지깃도 움직이지 않고 오연하게 지상을 굽어보는지 한정없이 쳐다보고 앉아 있게 한다.

공터 마당에 비둘기가 부리로 날갯깃을 다듬고 꽁지깃을 손질하는 것을 보는 일, 목의 깃털만은 스스로 어찌할 수 없는 모습을 눈여기게 한다. 짝이 짝의 목 깃털을 부리로 다듬는 것, 짝의 부리가 목의 깃털을 쫄 때 무대의 커튼이 도르륵 내려지듯 가만히 감기는 눈을 보는 것, 목을 맡긴 녀석의 눈을 감는 속도를 계산해보는 것, 9월은 눈을 감고 목을 맡긴다는 것.

소녀상, 그리고 불가역不可逆

당연한 사죄를 잊지 않고 할 수 있는 한 최선의 행위로 어김없이 표하는 양심도 있지만, 당연하게 해야 할 사죄를 최대한 최소화시키고 추상화된 모호한 언어의 유희로 충분했다고 떼를 쓰는 양심이 있기도 하다. 진정으로 자신들의 잘못을 후세대들에 알리고 가르치는 바른 지혜도 있다. 하지만 어떻게 하든 시대 탓으로 축소시키고 지울 수 있다면 지워버리려 하는 음습한 지혜도 있다. 수 없는 속죄 언명과 행위화를 늘 분명하게 하면서 역사에 종지부는 없다고 하는 국가도 보지만 사죄는 고결한 언어와 외교적 수사가 중요하고 그것마저 최종적 불가역不可逆이라고 당당해하는 이상한 나라도 본다. 더군다나 고상한 상징적 언명에 그런대로 구색을 갖추었으니 이제 그만 새 시대를 위해 이해하고 용서하자며 자신을 먼저 다독이는 너그러운(?) 정치세계도 있다.

한 가객이 조선의 색동저고리 다홍치마를 입은 '신부'를 어여쁘고

통절하게 노래했다. 문자로는 감각할 수 없는 혼魂을 새겨놓았다.

신부는 초록저고리 다홍치마로 겨우 귀밑머리만 풀리운 채 신랑하고 첫날밤을 아직 앉아 있었는데, 신랑이 그만 오줌이 급해져서 냉큼 일어나 달려가는 바람에 옷자락이 문 돌쩌귀에 걸렸습니다. 그것을 신랑은 생각이 또 급해져 제 신부가 음탕해서 그 새를 못 참아서 뒤에서 손으로 잡아당기는 거라고, 그렇게만 알고 뒤도 안 돌아보고 나가 버렸습니다. 문 돌쩌귀에 걸린 옷자락이 찢어진 채로 오줌 누곤 못쓰겠다며 달아나버렸습니다.

그러고 나서 40년인가 50년이 지나간 뒤에 뜻밖에 딴 볼일이 생겨 이 신부네 집 옆을 지나가다 그래도 궁금해서 신부 방문을 열고 들여다보니 신부는 귀밑머리만 풀린 첫날밤 모양 그대로 초록저고리 다홍치마로 아직도 고스란히 앉아 있었습니다. 안쓰러운 생각이 들어 그 어깨를 가서 어루만지니 그때서야 매운재가 되어 폭삭 내려앉아버렸습니다. 초록 재와 다홍 재로 내려앉아버렸습니다.

— 미당 서정주 「신부」 전문

소녀상은 조선 처녀 '신부'의 꿈도 꿀 수 없는, 기다림에 재가 될 수도 없는 불가역의 되돌아가지 못하는 통한을 담고 있다. 소녀상은 모욕을 주고 죄과를 추궁하기 위해 세운 것이 아니다. 죽고 싶은 굴욕의 삶을 지우기 위해 세운 것도 아니다. 되돌아갈 수 없는 삶을 그것으로 끝내지 않기 위해 내일을 살기 위한 약속으로 세운 것이고, 용서하기 위해 용서를 약속하는 의미로 세웠다. 용서해야만이 내일이 떳떳할 수 있고 용서를 받아야만이 내일을 살아갈 수 있는 것이라고 말해주기 위해 세웠다. 무명 치마저고리를 입고 감꽃이 하얗게 깔린 오래된 돌담장 고샅길을 꿈에서라도 걸어보고 싶어서고 물동이를 이고 가면 둥덩 둥덩 울리던 맑은 물바가지 소리, 귀밑머리를 타고 흐르던 물내음을 기억해내기 위해서다. 목에낭골 밭자락 길섶에 수줍게 피어 있던 하얀 찔레꽃을 닮았던 그 시절을 꿈에라도 가보고 싶어서고 다시는 되돌아갈 수 없어서 죽고자 했던 생명, 부끄러운 채로는 죽을 수도 없는 운명, 초록저고리 다홍치마 입은 채로 재가 되어버린 신부의 꿈조차 바랄 수 없는 살을 저미는 서러운 통곡이 세웠다.

「신부」를 노래했던 '미당'은 일본군 야스쿠니부대 하사관이 되어 1944년 11월 29일 필리핀 레이테만의 전투에서 비행기를 몰고 미군함에 돌진하고 죽은 조선 개성출신 인씨 집안의 둘째아들(20세) 마쓰이 오장에 대한 「송가」를 지어 일본 천황군의 장함도 노래해 바쳤다.

> 아아 레이테만은 어데런가… 언덕도. 산도. 뵈이지 않는 구름만이 둥둥둥 떠서 다니는 몇 천 길 바다런가. 아아 레이테만은 여기서 몇만 리런가… 귀 기울이면 들려오는 아득한 파도소리… 우리의 젊은

아우와 아들들이 그 속에서 잠자는 아득한 파도소리… 얼굴에 붉은 홍조를 띄우고 갔다가 오겠습니다. 웃으며 가드니 새와 같은 비행기가 날아서 가드니. 아우야 너는 다시 돌아오지 않는다…

(중략)

그대 몸뚱이로 내려져서 깨었는가? 깨뜨리며 자네도 깨졌는가. 장하도다 우리의 육군항공 오장伍長 마쓰이 히데오여. 너로 하여 향기로운 삼천리의 산천이여. 한결 더 짙푸른 우리의 하늘이여. 아아 레이테만은 어데런가. 몇 천 길의 바다런가. 귀 기울이면 여기서도 역력히 들려오는 아득한 파도소리… 레이테만의 파도소리….

— 미당 서정주 「마쓰이 오장송가」 중에서

일본인은 '꽃은 사쿠라, 사람은 사무라이'라고 여겨왔다. 그들의 「와카」 집에 "일본정신이 무엇이냐고 묻는다면 아침 해에 향기롭게 피어나는 산벚꽃이라 하리…. 무사는 죽는 일을 찾아내는 것이다"라고 노래했다. 그런 그들이 봄날 야스쿠니신사 사쿠라 꽃으로 피어 만날 것을 약속하며 자신의 젊음을 산화해버린 앞세대의 명예를 외면했다.

금번 한일 간 위안부협상 합의문에는 "군軍이 관여한 위안부문제에 일본정부 책임 통감"이라는 문구와 "국제사회에서의 위안부문제 상호비난 자제"라는 문구가 선명하다. 마치 일본군과 일본정부는 이원화된 별개의 집단인 듯한 뉘앙스를 풍기고 있다. 위안부범죄를 저지른 천황군은 일본을 대표한 존재가 아니었다는 수사적인 이미지를 내포하고 있다. 이제 막 피어나는 젊음을 채 알기도 전에 강제된 죽음을 앞두고 의미를 찾아야 했던 고뇌를 위무慰撫하는 대신 끝내 구분하는 것으로 마침표를 찍었다.

중국 공산당 원로 진운(중앙정치국 상임위원)은 중국은 공산당 초기 공산혁명 후예들이 세습해서 중국을 담당해야 하는 이유를 단순명료하게 압축 표현했다. "우리는 권력을 자신의 자제에게 넘겨주어야 비교적 안전하다. 왜냐하면 적어도 그들은 우리의 조상 무덤을 파지는 않을 것이기 때문이다."(3,600만 명의 아사자가 나온 마오쩌둥의 대약진운동을 거치면서 표면화된 혈통론 중에.)

그동안 일본이 한국에 사죄한 언어는 고결했다. 수치를 알고 명예를 숭상한 만큼 언어는 고상했다. 통석의 념, 심혼을 다해 영혼을 위로…. 이번에는 불가역不可逆이다. 고결함은 자신의 행위에 대한 진정한 인지능력이 먼저다. 그리고 책임을 감당하는 것에 있다. 책임진다는 것은 자신의 행위를 최소화시키고 탓의 차별로 전가하거나 모호한 감성의 언어와 쥐꼬리만한 지폐로 환산되는 것이 아니다.

책임의 첫 번째 자세는 과오에 대한 투명한 드러냄, 구체화에서 출발한다. 그런 후 정의와 정의 이상의 윤리도덕까지 고민하는 일이다. 더불어 후대들이 똑같은 과오의 전철에 빠지지 않도록 역사에 대한 교육과 책임을 충실하게 지속하는 것에 있다. 책임은 고결한 정신, 고상한 사람들만이 할 수 있는 행위임에 틀림없다.

일본의 사죄합의 문구가 은연중 군과 정부를 구분지은 군에 대한 차별적 표현은, '진운'의 의미심장한 압축을 되새기게 한다. 일본인은 앞세대의 과오를 자신들과는 별개의 것, 일체가 아닌 모호성으로 책임을 전가하고 있고 성공한 듯해 보인다. 그러나 일본인은 문구 선택에 심혈을 기울인 만큼 실패했다. 은연중에 자신들 조상 묘를 파묘(?)해버린 탓이다.

금번의 합의문에는 숨기고 망각에 묻어버리고 싶어하는 궁여지책의 심사만이 기록으로 남을 것이다. 불가역의 기록이어야 한다고 떼쓰는 무지는 선명하다. 끝내 눈가림하려는 것을 보아야 하는 시선은 씁쓸하고 딱하다. 아이러니하게도 일본인들은 동양의 영국이 되고 독일인의 지성과 법의 정신을 자신들의 목표로 삼아 메이지유신 국가개조운동을 일으켰다. 영국 가디언지는 금번 합의문 체결은 '미국의 승리'라고 적었다.

아주 오래 전 조선에 환향녀還鄕女로 불린 아낙들이 있었다. 호란胡亂에 청에 잡혀가 인두세를 내고 돌아오거나 도망쳐나온 아낙을 일컬었다. 조선 유가儒家의 서릿발 같은 법도는 천신만고 끝에 돌아온 환향녀에게 정절을 잃었다고 자진을 주문했다. 그걸 보다 못한 인조는 한양으로 돌아오는 길목으로 흐르는 홍제천에 몸을 씻으면 정절을 되찾는 것이라고 어명을 내렸다. 그래 그 홍은弘恩에 감복하여 홍제천 건너 동네를 홍은동弘恩洞이라고 이름지었다.

환향녀는 어찌어찌 화냥년으로 바뀌었으나 조선 유가의 무책임마저 사라진 것은 아니다. 언어의 뒤안에 무표정하게 돌아앉아 있을 뿐이다. 정절을 지켜주지 못한 책임을 겨누어야 할 곳은 외면한 채, 애꿎은 법도 삼강오상에만 날을 세웠던 유가의 가상한 기상(?)을 기억하고 있다. 소녀상은 종내 자신들의 선조마냥 제 누이 하나 지켜주지 못한 한반도 남정네들을 오랜 훗날에도 무심하게 쳐다보고 있을 것이다. 화냥년의 화인처럼 그렇게 남을 것이다.

경전선

새재(조성)에서 광주를 가려면 천상 하루 대여섯 차례 오가는 경전선 완행열차를 타야 한다. 목포에서 순천이나 여수를 오가는 칠벗겨지고 마치 날 보라는 듯 하얀 김을 치올리며 간이역을 빼놓지 않고 서는 검정 기차다. 산마루를 따라 구불거리고 오르막은 씩씩대고 내리막은 세상 거칠 것 없다는 듯이 우당퉁탕거렸다. 보리 파종 끝난 들녘에 까마귀떼 활공滑空이 장한 그해 겨울 경전선 검정 기차는 새재산골 한 처녀의 한숨을 싣고 달렸을 것이다. 까닭 없는 노여움이 서러운 만큼 바람도 간절했을 터다. 간밤 잠 못 이루게 하던 달빛도 실렸을 것이다.

난생처음 새재산골 처녀가 운명이듯 광주에서 공직에 근무하는 총각과 맞선을 보았다. 휘영청 보름달이듯, 가을 노오란 물결 가득한 들녘이듯 했으면 좋으련만 사정은 아무런 언약이 없었다. 총각은 무덤덤하였다. 인연은 그것으로 끝났다. 중간에 다리를 놓았던 어른들은 서로 연이 안 닿았는가보다 하셨다. 허긴 어쩔 것인가. 당시(1960년대) 풍속으로 처녀가 먼 객지로 이미 언질이 끝난 맞선상대를 찾아가는 것은 어지간한 심사가 아니고서는 있을 수 없었던 시대였거니. 그 처녀는 분명 각오가 대단하였을 것이다.

연분은 그것으로 끝이 났지만 인연이란 것이, 인연이라는 것이 하고 치면 부질없이 떠오른다. 경부선이나 호남선에서 떠밀려온 낡은 검정 기차가 가다 서고, 서다 가는, 고향 들녘과 산마루를 가로지르는 경전선 녹슨 철길이 떠오르는 것이다. 사춘기를 눈앞에 둔 내가 어른들이 나누시는 말씀 중에 무심하게 듣게 되었던 그 겨울의 애사哀詞가 번져오는 것이다. 검은 석탄 연기 날리는 기차를 타고 광주로 총각을 찾아간 애달팠을 심사를 생각한다. 오갈 데 없었을 설움도 노여움도….

(먹구렁이처럼 길던 기차가 지금은 몽당연필 장난감처럼 되어 하루에 두 번 새재역에 한 사람은 내려놓고 한 사람은 싣고 간다. 시름이듯 부리고 시름이듯 싣고 간다.)

오금공원에서

서울 송파변두리 남한산성 가는 길목에 오금공원이 있다. 야산이라기보다 언덕이 더 어울리는 나지막하고 작은 숲이다. 높이래야 송파도서관 쪽에서는 108계단, 등성이 너머 대로변에서 113계단이면 첫 능선에 오른다. 둘레 한 바퀴는 한 시간 남짓이면 족하다. 공원 초입에서 능선으로 오르는 계단이 시멘트에서 나무로 바뀌었다. 언제부터인지 공들여놓은 나무계단 옆으로 좁은 오르막흙길이 생겨났다. 나는 계단보다 흙길로 오르는 것이 편하고 수월하다.

나무계단 옆으로 오르막흙길이 생겨난 것은 근육을 일정하게 움직이도록 반복시키는 계단의 구조 탓인지도 모른다. 계단의 구조에 강요받은 근육은 비명을 지르는데도 다른 근육들이 신경써줄 수가 없는 모양새다. 게다가 계단은 은연중 끝까지 올라가야 한다고 고집한다. 옆에 새로 난 흙길은 제 모양과 보폭의 타협에 따라 생겨난 탓에 호흡이 편하다. 형편에 맞춰 근육과 근육들이 어울리며 서로

협조한다. 새로 생겨난 흙길이 다져지는 것을 보면 산책하는 분들의 마음이 대강 비슷한 심사인 줄 알겠다. 그래 미안한 생각이 조금 덜어진다. 이렇듯 조금씩 엇갈리기도 하며 살아진다.

능선을 따라 자연스럽게 생겨난 산책로가 지난 가을 엷은 자색을 띤 시멘트로 새롭게 포장되었다. 쌓인 눈이 녹아내리거나 비가 올 때는 고맙고 요긴하다. 어느 틈엔가 가장자리로 가느다란 흙길이 생겼다. 애써 새로 단장을 하고 관리하는 분들에게 미안한 일이지만 흙길을 따라 걸을 때도 있다. 자연과 문명 비교까지 운운할 처지는 아니다. 다만 흙길과 포장된 산책로를 걸을 때 느끼는 순전한 감각이다. 흙이 온전하게 받아들여주는 것 같다는 느낌과, 시멘트의 거부하지는 않지만 친숙해지지 않는 무관심 같은 차이다. 흙과는 다른 완강함이 거북살스러운 것이다. 고무신을 신고 시오 리 흙길을 걸어 초등학교를 다니던 내 발의 기억도 똑같이 완강한 모양이다.

온갖 문명의 향연이 시공간을 초월해 벌어지는 서울이라는 대도시에 작은 공원 숲은 신통하고 신비하기도 하다. 공원을 오르면 발 아래 도심과는 다른 세계에 들어선다. 봄이면 사방천지가 푸르게 열리고 여름은 넓어진 활엽들이 쾌활하다. 가을은 맑고 깊고 겨울은 나목으로 하여금 기어코 풍경이 되도록 만들고 만다. 공원은 산이라 말하기에 낮고 작다. 연이은 능선과 언덕도 그렇다. 느릿하게 솟아오르고 태평하게 내려앉는다. 무엇 하나 억세지도 잘 생기지도 않았다. 소나무는 흔한 모습으로 적당히 굽고 비틀어졌다. 눈높이에 상흔을 지닌 밤나무와 참나무, 멀끔한 단풍나무, 벚나무들 틈새에 작은 새끼 나무들이 오종종하다.

나무들은 원래부터 대를 이어 자생했을 소나무, 참나무, 아카시나무, 밤나무, 느티나무, 철쭉, 진달래가 있고, 공원으로 지정하며 식재했을 잣나무, 너도밤나무, 메타스퀘이아, 벽오동, 벚꽃나무, 단풍나무들이 있다. 거개가 만만하고 모른 척 지나쳐도 그만이다. 어느 한 녀석도 수령이 백년 됨직한 녀석은 없어 보인다. 나무들이 세월을 인식하는 것은 아닐 것이다. 하늘과 땅, 나무와 풀에게 시간은 알 바 아닐 테다.

공원 터줏대감은 비둘기와 까치와 청설모다. 다른 녀석들은 한겨울이 되면 어디론가 떠난다. 날이 조금 풀리면 얼굴을 내민다. 오늘은 청설모 한 녀석이 길가 밤나무 아래 낙엽더미에 코를 대고 이리저리 겅중거리는 것을 보았다. 쳐다보고 있는 나를 아랑곳하지 않는다. 처음 당하는 경우다. 한참을 맴돌더니 낙엽 밑에서 알밤 하나를 찾아 볼이 미어진다. 나는 저 녀석이 잣 열매가 채 여물기도 전에 나무에 매단 채로 까먹는 모습은 보았지만 냄새만으로 낙엽 아래 알밤을 찾는 것은 처음 보았다. 미안하게도 지난 가을 산책길에 저 녀석과는 전혀 다른 이유로 알밤을 주웠다. 그래 염치없는 줄 알겠다. 새삼스럽지만 숲에 사는 뭇생명들에게 충만은 알밤 하나 같은 아주 작은 것들이다.

내 눈높이에 보이는 밤나무와 참나무 몸통에는 검게 오므린 크고 작은 상처가 있다. 알밤과 도토리를 양식 삼는 청설모나 다람쥐가 상처를 입혔을 리가 없다. 알밤 하나 도토리 하나 떨어져 뒹굴기 시작하면 나무들은 몸살을 앓는다. 나무의 검은 상흔을 보면 나는 부끄럽다. 지난 가을 밤나무 몸통을 두들기고 가지를 후려치던 사람들을 말리지 않고 도망치듯 지나쳤다. 너도밤나무에도 상흔이 있다.

여기는 해와 달, 바람을 간직하는 세계이다. 저들은 해와 달, 바람의 시공간을 범하지 않는다. 받아들이고 간직한다. 그들이 간직하는 것은 섭리겠지만, 내게 간직한다는 것은 자취를 품어 묻어둔다는 말이다. 누군들 세월의 자취를 잊지 못하고 품고 사는 것은 높고 쓸쓸한 일이다.

공원 숲은 고요하다. 바깥 대로를 내닫는 소란, 바람과 눈과 비 어느 것도 고요를 깨뜨리지 못한다. 순례자처럼 겨울공원을 들어서면 어쩌다 나무들의 침묵을 듣는다. 나무들의 실뿌리가 흙을 더듬고 움켜쥐는 소리, 참나무껍질 거친 골이 깊어지는 소리, 소나무 벚나무가 몸피 터뜨리는 소리, 찔레가 새순을 둥글게 오므려 겨울을 견디는 소리를 듣는다. 그 순간만큼은 나는 순해진다. 숲에는 나무와 풀, 햇빛과 달빛과 구름과 바람, 비둘기와 청설모가 제각기 살고 쉬어가는 방이 있는 모양이다. 그 방 하나 세 얻어들었으면 좋겠다.

박곡아재

동네에서 제일 튼실하고 잘생긴 황소는 박곡아재네 암소다. 배꼴은 넓고 허리는 길고 굵다. 키는 크고 허벅지는 당당하다. 한겨울이면 옆구리나 허벅지에 똥칠을 하고 털이 부숭한 다른 소들과는 애초에 비교가 안 된다. 덩치는 마을회관 옆 비스듬하게 누워 있는 장대바위같이 커 옆에 가는 것이 겁이 나는 녀석이 눈은 순하디순했다. 그 큰 눈을 가만히 보고 있으면 까닭 없이 마음이 편안해지기도 했다. 세상 자잘한 원망들이 형체도 없이 사라지는 것만 같고 문득 애잔해지기도 했다. 산과 들에 풀이 돋아 눈에 차기 시작하면 아재는 동트기 전 아침 일찍 소를 몰고 나오신다. 마을 앞들과 뒷산자락 풀이 좋은 곳으로 간다. 소에게 아침 풀을 뜯기려는 것이다. 큰비가 오지 않는 한 하루도 빼놓지 않으셨다. 늦봄부터 늦가을까지 그리 하셨다. 우리 집은 아재네와 골목을 사이에 두고 이웃해 나란하다.

아침햇살은 새재들 건너 칼바위산 능선에서부터 산자락을 타고 내려서며 개울을 건너고 들을 어르며 번강 다리를 건너 느리게 번져온다. 빛을 따라 천천히 들녘과 마을들이 환하게 깨어난다. 밤새 누웠던 풀들은 푸르게 일어섰다. 소는 이슬 실린 초록 풀을 뜯고 놀란 개구리는 풀섶으로 뛰어든다. 젖은 물안개가 번져오르면 자자골 밭머리에서 어린 고라니는 캥캥 울고 목에낭골 멧비둘기는 깊게 울었다. 마을 앞 개울가 때죽나무는 지난 겨울 울며 시집간 누이의 소식인 양 하얗게 꽃을 피우고 나락거두고 대궁만 남은 가을 들녘은 고요하다. 아재는 모든 그것들과 아침을 함께하셨다. 무슨 원망이 있고 욕심이 살고, 아픈 내일이 기다리고 미련한 어제가 있었을 것 같지 않다. 무슨무슨 진리를 사모함도, 윤리의 서슬함도, 하늘땅의 덕스러움도 그랬을 것이다. 새사람은 반기고 윗대어른은 잘 배웅해 드렸을 터다. 아무런 망설임도 없었을 것만 같다.

아재는 우리 집안 종손이시다. 아재를 보면 왜 내 선대 조상님이 남도 등 너머 해안이 보이는 산골 벽촌까지 오셨는지를 알 것 같다. 도무지 언성 한번 높이지를 못하신다. 하다못해 기르는 소에게마저 큰소리로 '이랴' 한번 안 하신다. 이미 배불러 뒤뚱거리는 소가 가다 딴청을 부려도 그냥 조용히 기다리든지 '이제 그만가자, 가자' 하셨다. 아무래도 한양이라는 곳은 힘 있고 인물 잘나고 영리해서 셈 빠르고 눈치 좋은 아무튼 재바른 사람들이 많이 사는 곳이다. 일상의 불순한 몰골들은 예나 지금이나 크게 다를 것이 없을 터이다. '눈감으면 코 베어간다'는 말이 그냥 생긴 것은 아니다. 조용하고 무던해서 영악하지 못하면 한양 천지가 만만하게 여긴다는 의미다. 아마도 선대들은 아재 같으셨던 모양이다. 아니면 남도 변두리 산골까지 멀리 숨어들듯 오셨겠는가. 한양의 번화한 문물, 왁자한 재미, 이런저런 기회와 욕심을 두고 궁벽한 이곳으로 오시지 않았을 것이다. 세상 거친 일들을 피하고 싶었거나 감당하는 것들에 지쳐 홍길동의 활빈당을 꿈꾸다가 작은 개울물 맑고 산자락에 감싸인 이곳에 터를 잡으셨는지도 모른다. 하다못해 기르는 황소한테도 억지로 잡아끌지 못하시는 것을 보면 그런 생각이 든다.

품은 넉넉하셨다. 얼굴은 둥글넓적하고 말씀은 어눌하셨다. 귀는 미륵불의 것인 양 길게 내렸다. 손은 두툼해서 무엇을 잡아도 푸근하게 감쌌다. 눈가에 잔주름이 순하게 웃으셨다. 골목에서 누구를 보아도 잘 지내는지 먼저 물으셨다. 설날 세배를 가면 어린 나에게 과세 편히 했느냐, 객지로 공부하러 나가 애쓴다며 어루만지셨다. 세상에 무관해하던 선친께서도 아재에게만큼은 조심스러웠고 공손하셨다.

아재를 보면 왜 내 선대들이 궁벽하고 외진 이곳에 터를 잡으셨는지 알 것 같았다. 천생이 그러하신 것이다. 남을 눈독들이지 않고 남에게 헛된 약속하지 않고 남을 탓하지 않으며 너무 많이 염려하지 않으셨다. 봄이면 노란 병아리를 깨어 볕 좋은 마당가에 놓아 키우셨다. 여름은 논에 크는 나락을 보살피고 가을에는 유자와 은행과 밤과 대추를 거두셨다. 겨울은 북쪽 먼 산에서 몰려오는 눈과 바람을 살피셨다. 매사에 담담하셨다. 나도 나중 눈가에 순한 주름을 달고 목소리는 어눌하고 나지막하게, 안부는 왈칵 젖어들게 묻고 싶었다. 아재처럼 잘생긴 황소와 아침이슬과 너나없이 흰 옷 입고 가난한 마을과 인정어린 사람들과 가지런하게 기대어 살고 싶었다.

순명順命

얼굴이 마알갛다. 솜털도 보이지 않는다. 말랑말랑하고 둥굴동글하고 천지분간 못하고 꼬리질하는 올챙이 같은 녀석들이다. 한눈에 보아도 '척'이다. 아홉 녀석이 지하철 5호선 광나루역에서 우르르 몰려들었다. 들어서면서부터 빈자리를 찾아볼 염도 없이 다짜고짜 두셋씩 뭉쳐, 목하 휴대폰을 열심히 들여다보는 중이다.

다섯 녀석은 검정 운동화에 세 줄의 흰 띠를 두른 신발이다. 두 녀석은 흰 운동화이고 한 녀석은 붉은 색, 또 한 녀석은 회색 운동화를 신었다. 다섯 녀석은 안경을 꼈고, 네 녀석은 아니다. 일곱 녀석은 작년부터 갑자기 유행하기 시작한 운동선수들이 입는 검정 롱패딩 코트를 입었고, 한 녀석은 밤색, 또 한 녀석은 코발트색 오리털 잠바를 입었다. 학급에서 단체로 어디를 가는 모양이다.

네 녀석은 어림잡아도 이미 내 키보다 커보이고 두 녀석은 나하고 비슷해 보인다. 나머지 세 녀석들은 그야말로 초등학생 티를 겨우 벗어나려는 꼴이 역력하다. 내가 '얼굴이 마알갛다'라고 설레는 마음으로 글을 열었던 까닭이다. 이 녀석들은 분명 중학교 1학년 올챙이들이다. 2학년만 되어도 올챙이 꼴은 거의 남아 있지 못한다. 맨 꼬래비 학년이라는 것이, 저렇듯 해맑은 얼굴을 지니게 만든다. 어떤 책임도, 의무에서도 홀가분해서다. 저 녀석들 틈새로 쓰윽 들어가보고 싶다. 저 나이에 하루란 모두 처음이기 십상이다. 지하철에서 저렇게 옹기종기 둘러서서 열중하는 것도 분명 처음이다.

남도의 아스라이 바다가 보이던 시골 고향 초등학교에 입학하며 처음 본 운동장은 세상에서 제일 넓었다. 운동장 가에 서 있던 플라타너스는 세상에서 가장 키가 컸다. 중학교를 진학한 지방 도시는 세계에서 가장 크고 화려한 도시였다. 아무리 멀리 왔어도 여전히 그렇다. 누구든 처음으로 좋아했던 사람은 잊지 못한다. 살아오며 그보다 더 이쁘고 착하고 똑똑하고 예절바른 사람을 수없이 만나도 그는 잊지 못한다. 고향을 못 잊는 것도 처음으로 만진 흙이고 처음으로 얼싸안고 뺨을 토닥여준 사람들인 탓이다. 처음은 내 맘으로 어찌해볼 수 없는 무엇이다.

저 녀석들에게 그리움은 가슴 뛰는 일이다. 그것이 아픔이 되는 줄 모른다. 저 녀석들에게 '부끄럽다'는 형용사는 달콤하고 쌉쌀한 것이지 후회나 죄책감하고는 거리가 멀다. 부끄러움 너머에 죄가 있는 줄 알아지면서 녀석들은 어른이 될 것이다. 저 녀석들에게 '이별'은 한때의 우울일 뿐 행복이다. 이별이 형벌이 되는 것을 모른다. 생을 더 안타까워하기 위해서도 이별이 있어야 하는 줄 알지 못한다. 일생에 걸쳐 크리스마스 이브에 함박눈이 내리는 것을 한번이라도 볼 수 있는 것이 얼마나 큰 행운인지 생각하지 않는다. 과연 저 녀석들은 부끄러움에도 키가 크고 이별에도 크고 그리워하면서 키가 클 것이다. 그리고 먼 훗날 친구의 딸 결혼식장에서 저들 중 누군가 세상을 떠났다는 소식을 듣게 되리라고 생각지도 못한다. 부끄러운 줄도 모르고 울며 왜 말도 하지 않고 가느냐고 화를 내게 되리라고는 상상도 못한다.

나이 들어간다는 것은 처음이 아득해지는 일이다. 노년이 된다는 것은 아득해졌던 것들이 다시 명료해지며 다가오는 것일게다. 이윽고 다가오는 것들을 응시하고 침묵하는 것이다. 그것을 순명順命이라고 하는지 모르겠다. 그 녀석들은 동대문역사박물관역에서 우르르 내렸다.

꽃이 지다

꽃이 진다. 꽃이 졌다. 꽃이 지다,라고 중얼거리며 4월의 벚꽃나무 아래를 지나가고 있다. '꽃이 졌다'라고 중얼거리자 시간이 '꽃이 진다'고 하자 공간이 열렸다. '꽃이 진다'와 '꽃이 졌다'는 어의가 분명하고 질서가 또렷하다. 시간과 공간을 현실감각 속에 확정된 모습으로 드러낸다. 형상을 빌려 꽃의 현재를 질서화시켜놓은 때문이다.

'꽃이 지다'는 '꽃이 진다와 꽃이 졌다'와는 다른 무엇이 있다. '꽃이 지다'라고, 생각이 몸으로 지나가면 희미하게 쓸쓸해진다. '지다'라는 말에는 꽃이 지는 시간과 공간질서와 함께 인간의 정서가 누선으로 배어 있어서다. '어디로 가십니까'고 묻고 싶어진다. 꽃이 지는 것이 쓸쓸한 사람은 그리움을 아는 사람이다.

꽃이 지는 날은 오늘처럼 흐리고 간혹 바람도 불고 안개 같은 비도 내린다. 누가 누구에게, 무엇이 무엇에게 곁을 내준다. 사실은 꽃이 피는 일과 지는 사태는 뭉뚱그려보면 평평하다. 다만 서러움의 무게가 무거운 것임을 알게 하는 뿐이다. 서러운 것이 더 맑고 고운 결을 품고 있는 줄 안다.

꽃이 지는 것은 꽃이 꽃이기 위해 움켜쥐고 탕탕 울렸던 공간과 시간을 향해 날갯짓하는 일이다. 아득하고 가득한 시간과 공간을 향해간다. 세상의 언어는 중과부적인 채로 하나의 꿈이고 사이이고 몸짓이 된다. 꽃이 지고 있다. 쓸쓸할 일은 아니다.

무제

친정을 가는 아내는 즐거운 모양이다. 엷은 화장을 한 얼굴은 싱싱하고 눈은 생글거린다. 목소리는 밝고 보드랍고 둥글다. SRT 고속열차는 온통 회색뿐인 수서역 지하 승강장을 벗어나기 시작했다. 서울역이나 용산역 온갖 전광판이나 색과 빛의 광고부착물이 썩 보기 좋은 것만은 아니지만 무채색의 회색 콘크리트 기둥과 벽, 바닥만 보이는 수서역 지하 광장은 삭막하다.

이제쯤 지상으로 나설까 싶은데도 차창은 여전히 풍경이 없다. 빛바랜 작은 역사의 음전한 모습도 볼 수 없고, 길게 울리는 기적소리도 없다. 오르막과 내리막의 숨차거나 걷잡을 수 없는 통탕거림도, 긴 곡선으로 휘도는 산굽이와 아득한 들과 강줄기도 볼 수 없다. 그것들은 모두 빠름에는 소용되지 못한 것들이다. 내가 풍경을 만나고 풍경 속에 고인 심상한 것들과 만날 수 없는 것에 심드렁하거나 말거나 아내의 얼굴은 맑다. 즐거워하는 얼굴이 정겹고 새롭다. 지제역인가에서 고속열차는 간신히 지상으로 나왔다.

내게 기차는 한때 세상의 모든 형용사와 형용사적인 것과 함께했다. 기차에 연결되거나 연상되는 언어, 기적 야간열차 차창, 간이역 길 따라 흐르는 강, 타향살이 낯선 도시의 역과 밤, 귀향 이미 늦어 있는 설명, 이별 기다림 종착역 그리고 대합실, 떠나오거나 떠나보내는 것…. 이 모든 나열은 자의적인 만큼 헤퍼보이지만 웅성거림은 아직도 만만치 않다.

젊은 날의 경전선 완행열차는 대책 없이 느렸다. 보고 싶은 사람을 만나기 위해 그 도시로 가는 여정도 더디었다. 그를 향해가는 순간이 더디어도 좋은 것은, 그를 생각하기 위해 내가 선량해지는 시간을 가져야 하는 탓이다. 더딘 만큼 더 깊고 깊은 심연에 숨어 기호로 간직되어지는 때문이다. 사랑은 기다림이라고 숱하게 노래하고 사랑하는 것이 사랑받는 것보다 행복했다고 한 시인들의 독백이 실은 아무나 할 수 있는 것은 아니다. 기억의 행간이 아니면 껴안고 갈 수 없는 정념의 섬광을, 남은 생을 지탱할 침묵을 그렇게 표현한 것이다. 시인은 다만 그 한순간을 기록해놓고 시치미 떼는 사람들이거나 간직할 것이라고 다짐하는 이들이다.

세상 모든 철도는 문명의 전위병이다. 철길이 없었다면 오늘의 팍스아메리카나는 탄생하지 못했다. 태평양에 닿기에는 여력이 부족했을 것이다. 마찬가지로 러시아 역시 북태평양과 베링해에 닿기 위해서는 아직도 기다려야 했을지도 모른다. 인류문명 근대사는 인간의 온갖 욕망 연장선상에 철길이 있고 그 길에는 약탈의 몰염치와 침략당한 자의 절망이 함께 놓여 있다. 한반도 남에서 북으로, 서에서 동으로 달리는 철길은 형용사적인 목적으로 달리기 시작한 것은 아니다.

설령 그렇다하여도 나에게 철길은 문명으로 오기보다 불빛과 소리로 먼저 다가왔다. 고향마을 도톰하게 내민 언덕에 세워진 마을회관 2층의 창이거나, 우측 조금 떨어져 마을을 다 덮어버릴 심산인 사장나무 아래 자리한 정자에서 보고 듣는 기차는, 세상 모든 형용사들의 덩어리였다. 터널을 빠져나와 칼바위산 기슭을 휘돌아 나오는 기차는 긴 기적을 여지없이 울려댔다.

긴 기적과 틀림없고 거침없는 뚜그닥 트그닥 뚜닥트닥 레일 구르는 소리는 저물어가는 들녘과 들녘의 중간중간 마을과 동산을 지나 자그마한 강줄기를 건너고, 군데군데 개울을 건너뛰어 산 아래 마을에 이르면 이미 다정하고 순해지고 만다. 어두워오는 들의 허공을 부유하며 흘러가는 하얀 백열등과 호박색 불빛과 멀어지는 기적소리는 내가 묻거나 답할 수 없는 그 무엇이었다. 한낮의 햇빛과 바람, 비와 눈, 나무와 풀이며 그 사이를 날뛰던 모든 생명들의 활기와는 다른 것이었다.

떠난다는 것 떠나보낸다는 것은 기적을 울리는 것이고 기적소리를 듣는 것이라는 것, 앞선 시간들의 기억이 어떡하든 남아 뒤에 오는 시간에 호명되어 진다는 것, 고향 들녘을 가로지르는 기차가 일찌감치 알려준 것이다. 사라져가는 것들이 남긴 희미한 무언지 모를 꿈틀거림이기도 했다.

오랜 동안 인류에게 시간과 거리는 비례했다. 시간은 세월 노을 흐르다 피다 지다 살다 울다와 말을 겨룬다. 시간이 흘러가는 곳을 나는 알 수 없다. 우주의 혼돈을 질서로 이끌어온 광막한 시간을 우리는 천지창조, 신화와 전설, 콘도르, 웅녀의 이야기로 꾸며 기억한다. 그 틈새 어디엔가 한 마리 새가 날아갈 수 있도록 허공은 열려 있다. 나는 지금 아내와 고속열차를 타고 익산(황등) 처갓집에 포리똥(보리밥나무 열매)을 따먹으러간다. 오늘 내게 이보다 중요한 일은 없다. 절대 없다.

백년, 광복 70년의 회억悔憶

어릴 적 보았던 사랑채 툇마루는 늘 반들거리며 윤이 났다. 청명한 날은 밝은 적갈색으로 반들거렸고 오늘처럼 비 오는 날에는 흑적색으로 어두워지며 윤이 숨죽여 가라앉았다. 아버지도 할아버지도 또 윗대 할아버지도 툇마루에 앉아 오늘처럼 가만히 오는 한가한 여름비와 추녀에서 떨어지는 낙수 소리에 한때의 마음을 맡기기도 하셨을 것이다. 그분들이 살아오신 세상과는 아주 다른 세상이 되었는데도 추녀의 낙수 소리는 여전하다. 다만 적갈색으로 반들거리던 툇마루는 허옇게 색이 바랬고 중마루에 걸린 태화당太和堂 당호 현판만이 퇴락한 사랑채를 덩그렇게 지키고 있다. 오늘 어쩌다 내가 앉아 있다.

백 년 전 오늘, 조부는 이십 중반 촌부村夫였을 것이다. 일본에 병탄당한 것이 1910년의 일이니 나라를 잃은 지 5년이다. 지금 내가 누리고 있는 자유와 평등, 풍요는 상상조차 할 수 없다. 사라져가는 것들과 다가오는 어두움에 갈 곳 없는 사내가 가졌을 절망을 나는 알 수 없다. 지금처럼 청룡등 너머 득량만에서 밀려오는 낮은 비구름과 추녀 끝을 흐르는 낙수 소리를 들으며 심사를 헤아려볼 뿐이다.

세상의 변화는 그분이 가지셨을 옛 왕조시대 질서가 실은 보존하고 그리워할 만큼 높은 윤리도덕세계는 아니었음을 짐작했을지도 모른다. 다만 어떤 것도 남기지 못하는 상실의 회한이 좋았던 옛 시절로 채색되어 수놓게 했을 것이다. 그분 삶에 얹힌 가치는 유가儒家의 신분계서제 도덕규범이었지 지금 나의 가치로 뿌리내리고 있는 보편적 자유와 평등의 질서는 아니었다. 그분이 살았던 백 년 전 시대 주춧돌에는 자유와 평등이라는 언어 흔적은 찾기 어렵다. 삶의 모습에서 짐작해볼 수 있게 하는 여백도 묘연하다. 그것은 불과 얼마 전 서구문명이 가져다준 것이기 때문이다. 망망대해를 배에 태워져왔던지, 비행기에 실려왔던지 그랬을 것이다.

부럽게도 서구문명의 수많은 권력에 대한 항의는 보통사람들에 대한 구속을 극복하려는 요구와 스스로 존재에 대한 자각을 찾아가는 과정이었다. 동아시아 사대부들의 항의에는 보통사람들을 위한 언어가 혹시 있었는지는 모르나 그것마저 계서제를 벗어나지 못했다. 얼핏 눈에 드러나지 않아 인식하기 쉽지 않는 이 작은 차이가 동서양 문명 방향을 가르는 데 일조했을 것도 같다.

스피노자의 “자유는 국가의 목표다”거나, 니체의 “신은 죽었다. 인간에 대한 동정 때문에 신은 죽었다”는 외침이 미친 천둥처럼, 때로는 성난 우레처럼 서구문명을 두드려댈 때, 유가의 도덕이상주의는 봉건왕조를 지탱시키는 사상과 윤리도덕으로 굳건하게 버티고 있었다.

백년의 세월은 무심하다. 스물 중반 사내가 나라는 망했고, 탓할 수 있는 것마저도 쓸데없는 것이 되고서 무엇을 노려보아야 했을지 헤아릴 수 없다. 노두목거리 주막에 숨겨놓은 밀주 한 사발에 휘청거리기를 차라리 바랐을는지도 모른다. 삭망朔望의 달이 째진 눈으로 흘겨보든, 핏기 잃은 입동立冬 달이 여린 한숨으로 내려다보든, 되돌아갈 수 없고 앞으로 나갈 수도 없는 마음보다 허우룩하지는 않았을 것이다. 한 사내가 자신이 지켜야 할 하늘과 땅을 잃어버렸다는 것만큼 암울한 삶이 있을 것 같지 않다.

국가가 몰락하는 것은 권위가 볼품없어져 비아냥의 대상이 되어버리고, 권위가 권력으로 전락하는 때다. 실은 너무도 당연해서 고리타분하다고 모두가 흘겨보는 도덕이 그들에게서 떠날 때 권위는 이미 권위가 아니다. 도덕성을 상실한 권위가 권위를 내세울 때 국가와 권력은 희화화되어버린다.

당대의 매국노들과 친일부역자들이 결단코 그 시대가 낳아서 그리된 것은 아니다. 이미 그들 전에 등장했던 앞세대들 행위에서 만들어졌다. 수세대를 걸치며 권력을 사유화하고 탐욕으로 자신들만의 울타리를 둘러쳐놓고, 우리라는 연대의 질서를 훼손시킨 공동체 성질이 그들을 통해 구체적으로 드러난 뿐이다. 권위가 희화화되고 정서의 유대가 사라진 사회는 이미 '함께'라는 동질의 연대감은 조각나고 뿔뿔이 흩어져 없어지고 만다. 각자도생만이 유일한 질서로 횡행한다. 오늘 우리 행위 역시 뒤에 오는 세대들에게 삶의 방향으로 드러날 것이다.

나라가 망한 것을 서구문명을 먼저 받아들여 그들의 행동거지를 그대로 답습한 일본 탓으로 돌리는 것은 반쪽 기억으로 편리한 자위에 빠지는 것에 불과하다. 세상은 탓보다는 책임을 먼저 깨닫고 각자가 부끄러워하며 발분해야 하는 것이 먼저여야 한다.

백년 전 조부가 헛웃음으로 보았을 세상이 앞으로 또 오지 않는다는 보장은 당연히 없다. 다만 백년 전에는 알 수 없었고 맛보지 못했던 '자유와 평등'을, 이 땅의 사람들은 이제 맛들였고 알고 있다는 그것에 희망은 있다. 만인의 자유와 평등의 보편적 가치와 편벽된 시선에 묶인 사유세계를 벗어나게 한 지식전달에 희망이 있다.

한가한 어느 여름날 비가 때가 되면 내리고, 처마 끝 낙숫물이 백년 세월에 이어지듯 우리 삶도 그럴 것이다. 백년 후 또 누군가 퇴락한 사랑채 툇마루에서 지금 나처럼 생각에 잠겨 우두커니 앉아 있을 것이다.

제2장
시선

그것을 이해해야 한다

발터 벤야민은 『문예이론』에 이렇게 적어놓았다. "진실은 구체적이다." 뒤이어 브레히트의 말을 실었다. "나도 그것을 이해해야 한다." 진실은 구체적이다는 명제만 보았다면 그냥 그렇지 하고 지나쳤을 것이다. 그런데 뒤이은 브레히트의 말, '나도 그것을 이해해야 한다'는 말이 나를 붙잡아 세웠다. 이해했다거나 이해한다는 것도 아닌 이해해야 한다는 언어가 가진 의욕과 요원할지 모른다는 의심과 그래도 포기할 수는 없다는 원망에 시선이 갔다. 그 다짐의 무거움에 붙잡혔다.

벤야민과 브레히트는 모든 것을 망각으로 휩쓸고 가버리는 몰인정한 시간 앞에서 진실을 생명처럼 붙들고자 하는 철학자이자 작가다. 철학과 문학은 언어예술이자 진실을 구하는 정신활동이다. 한 인간에게 세계는 이성과 감정, 욕심과 소망이다. 그것이 진실이다. 그러니 구체적이라는 말은 따지고 보면 자신의 욕심과 소망을 있는 그대로 송두리째 드러내는 것을 뜻한다. 그것은 불가능하다. 인간 심층의 깊이를 알 수 없는 보호본능과 언어의 불완전성 때문이고 누구도 충격이 몰고 올 진동을 감당하기 어려운 때문이다. 그래 이해해야 한다는 말은 욕망의 구체적 드러냄에 대한 난망과 극복의지를 담고 있는 것처럼 보인다. 실은 언어의 불완전성보다도 표현과 인식수용의 핍진함보다도 인간 본성의 불가해함을 자인한 것으로 읽힌다.

그 난망함이 신화와 설화, 수많은 고사와 민담들을 구상하게 하고 탄생시켰다. 그것들로 하여금 진실을 말하고 교감시키는 도구이자 수단으로 삼았다. 스스로의 욕심과 소망을 고해하는 어려움을 우회하는 통로로 삼은 것이다. 진실을 말하는 것은 그렇게 어렵다. 그렇게 깊은 심층을 가졌다. 작가의 욕심과 소망을 타인의 욕망으로 형상화시켜 면목을 세울 수 있는 시와 소설은 그래서 진실을 찾아가는 좋은 도구가 되어 신화와 서사시와 서사극을 대신할 수 있었다. 시와 소설의 생명력이다. 그러나 이 모두는 당연한 해석에 불과할 수 있다. 벤야민과 브레히트의 언명은 이성으로는 이해할 수 없는 아우슈비츠의 학살, 어떤 무엇으로도 이유가 될 수 없고, 어떤 무엇으로도 이유가 될 수 있는 인간이 지닌 맹목성과 평범성(한나 아렌트), 홀로코스트를 통과한 서구문명이 내지른 비명일 수도 있다.

진실은 본래면목이다. 그러하기에 해석을 필요로 하지 않는다. 인간 사이의 관계는 해석과 선택이 놓여 있다. 어떤 경우에는 해석과 선택의 오류가 진실을 무찔러버린다. 현실은 진실마저도 수용자의 이해상관에 노출되어 있다. 언제부터인가 우리는 해석을 하고 그것을 지식으로 삼고 의미로 삼는 것에 만족한다. 옛적의 믿음과 견딤을 실천하고 일체화하던 세계를 잃었다. 의미는 내부에서 찾아야 하고 내부에서 존재된다는 것. 의미는 상황과 조건의 변화와도 무관하다는 것을 잊었다.

어느 날 내 푸념에 '간단한 사람이 어디 있겠어요' 하며 배시시 웃던 그는 옳았다. 진실은 영혼의 서序다. 인과를 돌아보지 않는다는 점에서 그러하다. 그래서 인간에게 진실은 본질적으로 비悲이다. 선의의 거짓말은 이성의 몫이지만 거짓을 아파하는 것은 영혼의 일이다. 오늘은 다른 날과 똑같은 하루이거나 다른 날과 똑같지 않은 하루다. 천지개벽 같은 것은 없다. 다만 조금 변할 수 있거나 변할 수 있는 가능이 있을 뿐이다. 그러니까 내가 찾는 그 무엇들은 이미 그곳에 있었거나 거기에 있다. 나는 그것을 이해해야 한다.

세상은 본래 아름답다

두희는 이제 서른이 넘었다. 내가 그 아이를 본 것은 스물일곱쯤의 딱 한번이다. 5년이 지나갔다. 마르고 키는 조금 크다. 큰아이와는 좋은 친구 사이이다. 큰애가 그렇게 말하니 그런 줄 안다. 나는 큰애의 말을 크게 신임한다. 큰애는 다행히 나를 닮지 않고 엄마 쪽을 닮아 사려가 깊다. 자유롭고 낭만적이지만 본래적인 인간애를 지녔다. 술 좋아하고 그냥 무던해 보이지만 순후하고 속마음이 깊다. 큰애가 두희네를 처음 갔을 때 술이 과했던 모양이다. 두희네는 엄청 큰 개가 한 마리 있었다. 그 큰 개의 집에서 그놈을 껴안고 뒹굴다 잠들었다고 한다. 별난 녀석으로 못이 박혔을 것이다. 내 큰애는 그런 아이이다.

큰애와 두희는 5년 전 초봄 밤이 꽤 늦은 시간 느닷없이 우리 집에 왔다. 둘은 술이 과한 듯했다. 아무려나 내가 아는 한 큰애가 여자아이를 집에 데리고 온 건 처음 일이다. 둘은 조금 취한 듯했다.

큰애가 화장실에 휴대폰을 빠뜨렸다. 두희가 휴대폰에서 무엇인가를 빼내고 내일 자기가 손을 보고 가져다준다고 했다. 그러면 괜찮을 것이라고 당황하는 큰애를 안심시켰다. 헌데 말하는 과정이 놀라웠다. 추호도 흔들리지 않는 음색과 존칭을 사용했다. 술이 과한 것이 분명하게 보였는데도 말이 성실했다. 우리 부부는 그 아이가 하는 말과 휴대폰을 처리하는 모습을 보고 그 아이의 심성을 짐작했다. 어쩌면 세상에 처신이 어려울 수밖에 없는 사람과 시간과 장소였다. 헌데도 그 아이는 지극히 자연스러웠다. 일상 언행 모습 그대로임을 보였다. 매우 드믄 경험이었다.

두희네는 가평이 본향이다. 지금도 가평에 산다. 부모님이 남이섬 인근에 규모가 큰 요식업을 운영하느라 어려서부터 본가에서 할머니 보살핌 속에 성장했다. 지극하셨을 것이다. 두희의 반듯한 말과 좋은 태도에는 그 아이가 할머니와 함께한 세월이 심어져 있을 것이다.

여든이 넘어서 두희 할머니는 좋아하는 가수가 생겼더란다. TV 가요프로 〈미스터트롯〉에 출전해 알려지기 시작한 남승민이라는 가수다. 손주가 팬클럽에 등록해드리자 틈틈이 팬클럽에 응원하는 글도 올리셨다고 한다. 강릉에서 공연하는 무대를 팔순 노구를 끌고 찾아가시기도 했다. 그 할머니가 얼마 전 5월 운명하셨다. 할머니가 운명하시자 손주가 팬클럽에 할머니의 유고를 알렸다. 할머니가 노년을 위안삼고 즐거워했다고 감사의 글을 올렸다. 할머니가 좋아했던 그 가수가 가평 할머니의 장례식장으로 조문을 왔다.

유품을 정리하다 두희는 많이 울었다고 한다. 할머니가 남긴 공책에 기질적으로 기관지가 약한 두희를 생각해 기관지에 좋다는 약초와 나물 반찬거리를 빼곡하게 적어놓으셨다. 큰애가 제 엄마한테 전한 말이다. 아내에게서 전말을 들을 때 나는 세상 모든 아름다운 소리를 듣고 있었다. 할머니는 두희를 한도 없이 사랑했을 것이다. 두희가 할머니에게 안겨주는 기쁨 때문이 아니고 그 아이가 가진 성장의 고통을 염려하고 아파했을 사랑이었을게다. 기억이 그 아이의 삶에 놓였다. 아내의 가라앉은 목소리 너머로 먼 남도 고향마을 초저녁 들길 위에 초승달이 가늘고, 그 곁에 샛별이 반짝이고 있었다.

어리야, 양녕의 변辯

어리야, 어리야. 나는 백성의 집에서 살고 싶었구나. 달이 뜨고 별이 내려앉는 것이 훤하게 보이는, 컴컴한 어둠이 그대로 까무총총한 두물머리 어디쯤이면 좋겠구나. 내가 삼킨 생명들의 혼백인 양 반딧불이가 두물머리 강물을 날아도 좋겠다.

어리야, 너는 나 때문에 사직에 죄인으로 사관의 글에 욕을 당할 것이다. 오직 너 때문으로 내가 세자 노릇을, 왕실에 불경 불충한 것으로 기록될 것이다. 그런들 어쩔 것이야 있겠느냐마는 정작 당자인 나를 비껴 세울 것 같아 너에게 미안해서 그런다. 허긴 너인들 그런 것이 무슨 대수이겠느냐. 내 아버지 태종은 전 중추부사(군기와 숙위를 맡은 기관) 곽선의 첩인 너를 내가 강제로 빼앗아 취했다고 용납하지 못한다며 너를 궁에서 내치도록 명했다.

처음 의금부 종수를 따라 궁을 몰래 나간 것은 너 때문이 아니었다. 내가 감당해야 하는 삶의 무게가 때로는 숨 막히도록 했기 때문이다. 글을 쓰고 난을 치고 서연書筵(세자교육 강독)에서 사서오경 강을 들어도, 대학연의와 사기 한서를 읽어도 허기가 메워지지 않을 때 나는 궁에서 벗어나고 싶었다.

어리야, 어리야. 너는 이름조차 고혹스럽다. 숱한 궁녀들 틈에서는 볼 수 없는 여염집 아낙의 태態만큼은 나를 취하도록 만들었다. 자그마한 몸치에 추수를 머금은 듯하다 표독스레 내쏘는 너의 눈은 내게는 생경스러운 것이다. 궁에서는 볼 수 없던 너의 눈이 내 감각을 일깨웠을 것이다. 글을 쓰고 그림을 그리는 것은 누구보다 대상의 성질을 본능적으로 알아채게 만든다. 그러니 내가 왜 너의 눈을 지나쳤겠느냐. 한으로 삶을 삭이고 세상을 노려보는 눈이란 거짓을 모른다. 다짜고짜 따르도록 하는 나를 보는 너의 눈은 잘 벼려낸 칼의 무정한 은빛이었다.

사관의 춘추필법은 사람의 눈빛과 눈빛에 얹힌 감정을 볼 염도 기록할 염도 없다. 오직 인과의 과정을 본 대로 들은 대로 쓰고 성현의 경전에서 배운 대로 기록할 뿐이다. 너는 나로 하여금 궁을 월담하고 파락호와 어울리게 하고 방탕을 일삼게 한 미천한 것으로 기록될 것이다.

어리야, 어리야. 내가 세자의 자리를 힘들어한 것은 너무 많은 것을 보아버렸고 알아버려진 탓이다. 이 나라는 내 아버지인 태종의 나라다. 할아버지 태조 대왕이 터를 닦으셨음은 분명하지만 실은 내 아버지 태종이 그리하신 것이나 마찬가지다. 전 왕조의 맥을 끊고 유신들을 정리한 것도 그분이었고, 할아버지 태조 대왕을 물러나게 한 것도 그분이시다. 백부를 임금으로 세우신 것도, 다시 백부를 물러나게 하고 당신이 임금으로 앉은 것도 내 아버지인 태종이시다. 어느 한 가지도 피 흘리는 혈족과 공신들 죽음과 내침이 따르지 않으면 이루어질 수 없는 것들이다.

임금의 자리란 그런 것이더구나. 임금이 되고 그 자리를 지킨다는 것은 그런 것이더구나. 한걸음 내딛는 것은 꼭 그만큼 대가가 요구됐다. 누군가의 죽음과 살아남은 자의 한이 있어야만 한다. 그런데 나는 나의 삶을 살고 싶어 했구나. 효녕은 심약해서 아버지 태종의 걸음걸음에 비껴선 듯 살아갈 수 있었다. 충녕은 순후하고, 성녕은 어렸던 탓에 걸음의 의미를 애써 알 수 없었는지도 모른다. 나는 장자인 탓에 눈과 귀, 솜털과 숨구멍 모두로 느껴야 했다. 나는 그것을 곁에서 지켜보며 자랐느니….

외가인 민씨가는 내 아버지 손이고 발이었다. 그분들이 가진 힘은 내 아버지의 근거고 의지였다. 그분들 모두는 이제 이 세상 사람이 아니다. 후손들은 유배지를 전전하고 있다. 나를 위한 그분들 당부 한마디가 화를 불러왔다. "아우들인 효녕과 충녕을 너무 가까이하고 감싸고돌지 마시라"는 당부와 "왕자는 누구든 왕이 될 수 있다"는 염려의 말이 멸문 이유다. 무심결에 내가 이 말을 했고 이를 들은 조정 대신들은 벌떼처럼 들고 일어났다. 종친 간의 이간질은 왕실과 사직에 저촉되는 반역이라는 명분을 내세웠다. 역적 민무구와 민무질을 반역죄로 처단할 것을 하루도 거르지 않고 주청했다. 오늘은 사간원이, 어제는 사헌부가, 내일은 홍문관이, 모레는 삼정과 조정 신료들이, 지방유생들의 상소는 굳이 들먹일 필요조차 없다. 그래서 그분들은 죽임을 당하고 말았다.

무휼과 무회, 두 분 외숙마저 또 나 때문에 죽게 되었구나. 왕후인 어머니가 몸이 불편하시어 아우인 효령과 충녕을 데리고 문안을 가니 살아남은 두 분 외숙이 먼저 와 계셨다. 효령과 충녕이 처소로 가고 나와 두 분 외숙이 물끄러미 마주 앉았다. 나는 그분들 틈에서 자랐느니…. 무회 숙叔이 내게 "우리 형님들은 반역을 하지 않았습니다. 세자 저하는 저희를 버리지 마시고 거두어주십시오." 세자의 법도는 사사로움을 허용하지 못한다. 또 이 탓으로 두 분마저 유배지에서 자진을 강요당하는 운명을 피하지 못했구나.

어리야, 어리야. 내가 어려서 자란 외가는 결국 나로 인해 멸문을 당했구나. 삼사의 관원, 조정의 모든 신료들이 간하기 시작한 왕실과 사직에 관한 간쟁은 자신들이 물러나든지 대상자가 몰락하든 하나의 길만이 남는다. 왕실과 사직이라는 명분은 혀 짧은 반 마디의 말마저도 멸문의 그물에서 벗어날 수 없도록 한다. 성현의 말씀도 인륜 도덕도 말 그대로 공허한 말씀일 뿐이다. 설마 성현이 예법을 만들며 인정을 말살하라 하셨겠느냐.

어리야. 나는 백성의 집에서 살고 싶었구나. 궁 안에는 서로 어깨를 두드리고 감싸는 호들갑도, 맛대거리 농탕도, 댓바람으로 웃는 모습도 할 수 없다. 그것은 불경이다. 불경은 왕실과 사직에 반역이다. 궁은 충忠을 위해, 충에 의해, 충이기만 해야 하는 곳이다.

어리야. 나는 충이 향하는 곳이 진리이거나 절대의 율법, 그도 아니면 법치를 위한 법이라도 되었으면 좋겠구나. 그러나 충이 바쳐지는 궁은 면류관과 곤룡포에 휘감긴 무소불위의 권력이 유일한 법도로 작동하는 곳이구나. 충이 바쳐지는 곳이 진리였다면 얼마나 좋겠느냐. 충이 향하는 곳이 권력이 아니었다면 또 얼마나 다행이었겠느냐. 진리에 바치는 충이란 얼마나 아름다운 것이냐. 성현의 가르침은 또 얼마나 노심초사한 것이었느냐. 그러나 충이 바라보는 곳이 권력에 불과하니 그 충인들 별 수 있겠느냐. 충조차 권력을 닮아야 하느니…. 권력의 힘은 얼마나 달콤한 것이냐. 얼마나 무자비하고 두려운 것이더냐. 얼마나 무소불위한 것이냐. 또 그것을 알아버리는 것은 얼마나 쉬운 노릇이더냐.

어리야, 어리야! 나는 봄이 오면 백성의 집 마당가 노란 병아리를 몰고 가는 어미 닭과 여름 뜨락 아래 노랗고 빨간 채송화, 가을 석양을 가로지르는 기러기, 긴 겨울밤을 토닥이는 바람소리를 좋아했다. 나는 그런 나로 살고 싶었다.

그래, 나는 백성의 집에서 살고 싶었다. 어제 나는 내 아버지이자 나의 임금인 태종에게 너를 내친 데 대해 무엄하고 당돌한 상소를 올렸다. 그것은 누구도 벗어날 수 없는 대역죄다. 나는 세자 자리에서 쫓겨날 것이다. 내가 세자 자리에서 쫓겨나면 나의 장인이자 임금의 오랜 친구이신 병조판서 김한로 일가는 화를 입을 것이다. 궁에서 내쫓긴 너를 내 청에 거절하지 못하고 거두어 숨긴 것이 어찌 그분들 잘못이겠느냐. 그것이 무슨 대역죄이겠느냐. 그러나 왕실과 사직이라는 권력의 명분은 그 어떤 것에도 엮어낼 수 있는 긴고주(손오공에게 씌운 삼장법사의 테) 같은 것이다. 태산 같은 인정이든 바다 같은 사랑이든 배겨날 것은 없느니…. 세자의 장인, 임금의 오랜 친구라는 외피는 조정 대신들에게는 외려 쫓아내야 할 이유가 하나 더해지는 것에 불과하다.

그것이 어찌 그들만의 잘못이겠느냐. 그들이 충과 함께 배운 효孝는 가족과 가문을 의미하고 혈족을 위한 모든 것을 의미한다. 사서삼경을 외우고 입신양명하는 것이야말로 가문과 부모를 위한 가장 큰 효행이다. 그런데 입신양명은 충이라는 그물에 코가 꿰인 신세다. 충을 버리고서는 입신양명은 생각할 수 없는 노릇이다. 효조차 덩달아 충에 덧씌워져 있으니 그들인들 무슨 수로 버티겠느냐. 그러니 오직 구중궁궐 권력의 향배만을 쳐다보아야 하는 효란 또 얼마나 가여운 것이냐.

어리야, 어리야. 충이 바쳐지고 쳐다보는 곳이 진리였다면 얼마나 좋겠느냐. 하다못해 인치의 권력이 아닌 법치를 위한 법이라도 되었으면 그 충은 얼마나 아름다운 것이겠느냐. 그래 나는 백성의 집에서 살고 싶었구나.

후기 : 어리는 전 중추부사 곽선의 첩이었다. 악공 이오방을 통해 어리를 알게 된 세자 양녕은 어리를 몰래 궁으로 들였다. 이를 알게 된 태종은 어리를 내치도록 했고, 양녕은 숙빈을 통해 장인인 병조판서 김한로에게 거두어줄 것을 당부했다. 사태가 잠잠해진 뒤 한로의 모母가 숙빈을 보러 궁에 들어오며 어리를 숨겨와 다시 양녕에게 들였고 아이까지 두게 되었다. 결국 이 일을 알게 된 태종은 양녕을 질책하고 어리를 궁에서 내치도록 만들었다. 이에 양녕은 장문의 상소문(태종18년 무술년 5월 기묘일.『이조실록』13권 261쪽)을 올렸고 대노한 태종은 양녕을 폐세자하여 남자 종 6명, 여자 종 13명, 고자 4명을 묶어 광주로 귀양보냈다. 어리도 광주로 보냈다. 양녕의 귀양이 광주에서 양평으로 옮겨진 무렵 어리는 전주에서 자살로 생을 마감했다.(『이조실록』에서 취해 약술했음)

천동아재

강 건너 칼바위산에 검붉은 노을이 능선을 태우다 깜박 사그라들고 나면 새재들은 어둠에 잠긴다. 이윽고 들 가운데 마을과 산 아래 마을들에서는 전기불이 하나둘 밝혀졌다. 그 전등불 아래 고단한 하루를 마친 가족이 저녁상에 둘러앉는다. 이때쯤 중년남자가 마을로 들어오는 산쟁이고개를 방약무인 고성방가로 어둠을 내치며 올라선다. 중키에 호리호리한 천동아재다.

천동아재는 읍내 명가수(?)다. 그런데 아재가 부를 줄 아는 노래는 딱 두 가지다. 하나는 "두만강 푸른 물에 노 젓는 배~엣 사공"이고, 또 하나는 "오동추야 달이~밝아 오동동이야"다. 〈두만강〉을 부를 때는 어째 눈 날리는 강가에 혼자 서 있는 모양만 하고, 〈오동추야〉를 부를 때는 허공에 한주먹 멕이려는 듯했다.

아니 하나가 더 있다. 세상에 유일하게 천동아재만 부르는 노래다. 그것은 틀린 말인지도 모르겠다. 이제 우리 마을 내 또래 친구들은 모두 부를 줄 아는 때문이다. 〈오동추야〉의 곡에 "전깃불이 반짝~ 반짝 한 송이 꽃 같구나. 오동동 술타령이 오동동이다"로 가사를 바꾼 노래다. 아재는 어떤 날은 "오동추야 달이 밝아~"로 부르고, 또 어떤 날은 "전깃불이 반짝반짝~" 하는 가사로 바꾸어 불렀다.

6학년이 되어 어둑한 하곳길, 산쟁이고개 언덕을 짓쳐올라 들을 내려다보면, 들녘 곳곳에서는 호박색 전등불과 하얀 백열등이 하나 둘 밝혀졌다. 초승달은 검푸른 서쪽 하늘 별 하나에 기대어 있고, 들 가운데 마을과 강 건너 산 아래 마을들에서 전깃불이 천동아재의 노래처럼 반짝이는 꽃이 되었다. 술을 마시지 않은 날의 아재는 애먼 땅만 내려다보며 걷는다.

천동아재는 '산감'(산림감시원)이다. 동네사람들에게 가장 성가시고 겁나는 사람은 학교 가는 길목에 있는 지서의 순경, 면사무소의 산감과 밀주를 단속하는 면서기이다. 나라에서 금하는 것은 원체 많은 모양이었다. 그러거나 남도의 변경 촌자락이 나라가 금하는 것이 많든 적든 별 상관은 없을 터다. 그러나 두 가지는 문제였다. 하나는 도벌금지였고, 또 다른 하나는 밀주단속이다. 촌살림을 꾸려나가는데 도벌과 밀주 단속은 당장 하던 일쯤 작파해버리고 싶을 정도로 김새고 맥 빠지는 일이라는 것을 나라에서만 모르는 모양이었다.

산은 거개가 민둥산이다. 해마다 봄이 오면 마을 장정들은 마을 뒷산에 소나무와 아카시를 비롯한 각종 나무 묘목을 심었다. 집집마다 한 명씩 의무적으로 사방공사 울력에 나섰다. 산림감시원은 그렇게 심은 나무를 지키고 헐벗은 산에 그나마 남아 있던 소나무와 참나무를 지켰다. 산감은 면내 마을을 돌며 도벌이나 생나무를 땔감으로 사용하는 집을 찾아내려는 집뒤짐을 했다. 요즘으로 치면 수색영장도 없이 가택수색을 한다는 말이다. 그러니 밥하고 군불에 쓰이는 땔감이래야 타작 끝낸 볏짚이나 마을 뒷산에서 갈퀴질해온 푸나무를 땠다. 마을 뒷산에 실한 소나무밭을 가진 우재양반은 새벽부터 산을 한 바퀴 돈다. 생솔가지는 물론이고 떨어진 솔가리마저 긁어가지 못하게 지켰다.

산감이 마을에 나타나면 거개가 밀주단속하는 면서기들도 함께 왔다. 마을에 어지간한 집은 막걸리를 담아 숨겨놓았다. 농사철에는 힘겨운 들일을 이겨내는 둘도 없는 감로수로, 돌아오는 명절은 명절대로, 첫 눈이 올 무렵 시집 장가 보내야 하는 처녀 총각이 있는 집은 또 그대로 없어서는 안 되는 것이다.

동네가 이상하게 술렁거리고 평시에는 흘깃거리고 맹숭거리던 처지의 수곡아짐과 박실아짐이 한통속이 되는 때와 아재들이 골목에서 마치 말씨름이라도 한 듯 상기되고 뭔가 난감한 표정일 때는, 산감과 밀주단속반이 마을에 나와 집뒤짐을 하는 때다. 그런 날은 동네 순둥이 개들도 꼬리를 치켜세우고 짖었다. 아무리 그래봤자. 우리에게는 희희닥거리는 반나절 이야깃거리였고, 마을은 황금빛

놀이터였을 뿐이다.

천동아재 얼굴은 마을회관에서도 좀체 볼 수 없다. 형편이 그런데도 아재가 들고나는 것은 누구나 안다. 해는 지고 제법 어둠이 눈에 익으면 사나흘이 멀다 하고 마을 입구 산쟁이고갯마루에서 고성방가가 울리는 때문이다. 초저녁 으스름을 휘저으며 어쩔 땐 비틀거림으로 어느 땐 제법 목놓는 소리로 〈오동추야〉를 뽑든, "두만강 푸른 물 뱃사공"을 뽑아내며 산쟁이고개를 넘어온다. 그것이 천동아재가 마을에 들어섰음을 알리는 일성이다. 저녁상을 물린 뒤의 느긋해진 마을 어르신들을 한목소리로 끌탕치게 만들었다.

"허이구, 저 양반 또 한잔 걸쳤는갑다. 그나 힘도 좋다!"

부러움 반 시새움 반의 목소리는 돌백이 마을회관 옆에 사는 윤식이 아부지다.

"아이고 또 천동아짐 속상하겠구먼. 사흘이 멀다고 뭔일이랑가 금매!"

이는 돌산아짐이 나도 한 속 끓이고 있어 하는 속엣맘을 합친 원정이기 쉽다.

"오늘은 생나무 숨킨 집이 하나 걸린 모양이제. '오동추야 달이 밝아'가 '전깃불이 반짝 반짝'으로 곡조가 바뀐 것을 보니."

"그게 무슨 말이랑가?"

"자네 몰랐던가. 천동아짐 말씀이 생소나무 장작을 숨킨 집을 찾고 나면 아재가 속이 상한다는구만. 위에서는 할당량을 채우라고 볶아제키고 한 건이라도 채워야 하니, 그도 못할 짓이고 그런 날은 술을 더 먹는다고…. 그러고 나면 아재도 모르게 곡조가 삐뜨룸해 진다네."

"사바사바 공짜 술이 걸판징께 그라는 것이제. 무슨…."

지난 초겨울 밀주단속에 걸려 곤욕을 치른 광수 아부지의 부어터진 소리다. 그렇거나 이제는 안다. "두만강 푸~른 물"보다, "전깃불이 반짝반짝 한 송이 꽃 같구나" 그런 날 천동아재 목청이 더 갈라졌다는 것을.

창천蒼天

— 설마 쪽방을 비롯하셨겠는가?

하늘에 계시던 창조주가 어느 날 무료하셨을 것이다. 굳이 창조주가 거슬린다거나 싫다면 창천이라고 해도 좋고 하늘님이라고 해도 좋고 자연이라고 해도 좋다. 창조주라는 표현이 종교적 측면의 신을 지칭하는 것이 아니고 우주와 생명의 어떤 시원, 알 수 없는 의문의 지경을 의미하는 것에 대체해 쓰인 때문이다. 대신할 어휘가 마땅하지 못해 차용해온 것에 불과한 것이니.

우주를 창조한 신은 매우 무료하였을 법하다. 굳이 눈길을 주지 않아도 우주는 고요하고 별은 반짝이고 해와 달은 뜨고 지고 했으므로. 온갖 것을 헤집고 뜯어보아도 마땅히 무료를 지울 구석이 마땅치 않았을 것이다. 그래서 무료가 무료를 벗어날 궁리를 하셨을 터다. 이런저런 생각이 딱히 스스로도 모를 욕심이 생긴 것이다. 무료하다는 생각과 무료를 벗어나보고 싶은 궁리라는 놈이…. (무료라는 놈이 꼭 그렇다. 본래부터 슬그머니하고 꼼지락거리며 슬금슬

금하는 녀석이다.)

그래, 무엇인가 조물락거려보자. 저기 저 올망졸망 중에 푸르게 빛나는 저 녀석(지구)에게 무료를 달랠 내 의지를 주어 보내보자. 그 녀석이 저절로 자랑하고 하소연하는 모양을 보자꾸나. 생각이 떠오르자 그날로 무료를 지워줄 자애로운 의지를 내려보내고 빙그레 웃음지으셨을 것이다. 다음날 문득 자신이 애초의 궁리, 무료를 지우고 싶었던 욕심을 빼놓았음을 알아차렸다. 슬그머니 욕심을 담아 생김이 닮은 한 녀석을 급하게 뒤쫓아 내려보내셨을 터이다. 그래 인류는 다른 생명체가 가진 본능과는 다른, 욕망이라는 놈을 더한 존재가 되었다. "여기 나의 세계이자 너의 세계이기도 하니 시험해보는 것도 괜찮다. 너는 의심하지 마라." 특별한 당부도 보탰을 법하다. 그리고 "하나님은 당신이 만든 모든 것을 보고 바라보며 심히 좋았다."(창세기)

쪽방의 넓이는 얼마일까. 길이는 얼만가. 높이는 얼만가. 비는 새지 않는가. 난방은 되는가. 환기는 좋은가. 화장실은? 수돗물은 그냥 마셔도 괜찮은가. 누가 사는가.

쪽방은 한 평 내지 한 평 반 남짓을 일컫는다. 비는 피할 수 있고, 화장실은 공용이고, 난방과 환기는 말하지 않는 것이 편하다. 설마 정부에서 주는 복지연금과 허리 굽고 눈 짓물러진 육신으로 파지를 줍거나 스티로폼 깔고 엎드려 생긴 돈으로 월세 22만 원을 내는 것은 아니어야 한다.

왜 쪽방 주인은 월세를 현금으로만 받는가. 자신은 드러내지 않고 대리인을 내세워 월세를 수령해가는가. 그곳은 왜 재개발의 '재' 자만 나오면 가격이 오르는가. 인근 부동산중개인 말마따나 "쪽방 소유주는 재개발은 그닥 필요 없는 무용의 것이나 진배없는 노릇이지요. 쪽방 집 한 채면 월세 이백만 원 소득인데 굳이…. 그렇지요." 쪽방 가진 것이 무슨 죄지은 것은 아닌 것은 분명한데 언론 인터뷰는 손사래치며 도망하고, 세무서는 소득계정이 없으면 세금 부과를 못하는 것은 당연하다 하고.

어찌 경주 최부자가 부활한단들, 천만년을 살지는 못할 것이고, 다시 길어야 9대를 가고 말건대, 어느 집안 어떤 가문이 경주 최부자집 가훈*을 탐내고 실천하려 할까보냐. 오늘에도 가능할까보냐. 아서라! 그토록 아름다울 부富가 오늘에 있을 턱이 없다. 최부자네 가훈이 천만년을 살아 인구에 회자된들, 세상의 부란 부는 경주 최부자 가훈은 턱도 없고, 오늘처럼 쪽방촌으로 대체되고 마는 것은 세상의 순리, 당연한 질서.

인류는 세계가 무질서인 것을 한번도 용납하지 못했건대, 질서는 구조를 세우는 것이고 뼈대를 세우는 것. 위계에 의한 계서화만이 질서로 될 수 있는 것. 천명을 받은 임금이 있고, 삼정승, 육조판서가 있고, 당상관 당하관이 있고, 지방관이 있고, 지방관을 떠받히는 아전이 있고, 사족士族이 있고, 평민이 있고, 종이 있고, 불가촉천민이 있고, 있고, 있고, 있고…. 정치체가 어떻게 바뀌었든 간에 어떤 경우에도 대신 되는 것은 있는 법. 천민 대신 쪽방살이로 대체되고, 평민 대신 하루를 버티는 영세민이 있고, 있고, 있고, 종당에는 대재벌 오너와 족벌이 있고, 평등은 질서로 세워지지 못하는 것.

평등은 차이는 인정하나 차이로 인한 차별은 안 된다는 것. 간신히 차이와 차별이 무엇을 뜻하는 것인지 개념은 세웠지만, 차이와 차별의 분별이 어떤 질서로 가야 하는 것인지, 어떤 삶을 의미하는 건지, 생각을 해보는 건지 아닌지, 분별을 모르는 것인지 안 하는 건지, 별 고민도 없이 차이와 차별을 한가지로 만들어버리고. 그것은 평등을 지평선이나 수평선에 쓰이는 언어로 만들어버리는 것인 줄 아는지 모르는지, 그러니 오늘 이면의 질서가 과거와 매양 같은, 평등해질 일이 없다는 것.

분에 넘치도록 많이 가지고, 그 가진 것이 모두 힘이 되고, 가진 힘이 더 많은 것을 가지게 하고, 더 많게 가진 것이 모두 특권이 되고, 그 특권이 또 다른 특권을 불러모아 언덕을 이루고 산을 이루는 끝없는 순환이, 더 음습하게 되어도, 더 향기 짙고 더 황홀하게 빛나는 것으로 덧씌어 대체되는, 세계는 그런 역사, 그런 질서가 옛적부터 있었건대, 지금도 여실하건대.

지금쯤 신은 아마도 무안하실까. 혹시 난감하기까지 하실런가. 항상 같은 이유, 항상 같은 이유의 살인, 같은 이유의 원한, 같은 이유의 배신, 같은 이유의 외면, 그리고 용서, 모두 같은 이유에 의한 것. 헤아림은 종적 없고, 날은 어둡고 춥다. 이 순환의 재생산은 한 번도 끊어지지 못했느니!

차라리 인간세가 양육강식이 정당한 시베리아 설원이나 아프리카 초원, 독수리의 부리, 사자의 송곳니, 호랑이의 포효, 곰의 발톱, 늑대의 폐활량, 꼭 그 정도의 수성獸性만을 부여받은 것으로 그치는, 매우 자연스러운, 그래서 모든 강한 것들 행위가 지극히 정의로운 것이 될 수 있는 설원이나 초원의 세계라면, 정의가 이치가 도리가, 그래 부여받은 것으로 분명하고 명확 적당한 것이 되는, 우리도 만인의, 만인에 투쟁 같은 정도의, 차라리 그렇다면, 왜 창조주에게 '쪽방을 비롯하셨는가'라고, 창천에 댓거리가 떠오를 텐가. 생각이나 할 수 있을 건가. 거기 앞서 길 가는 사람, 우리 서로 닮은 처지이니, 꼭 닮은 처지로 아픈 인간세에 왔으니 함께 살펴가면 어쩌겠는가. 안 되겠는가.

경주 최부자집의 가훈

1. 과거를 보되 진사 이상의 벼슬을 하지 마라.

1. 만 석 이상의 재물을 지니지 마라.

1. 흉년에 땅을 늘리지 말라.

1. 과객을 후하게 대접하라.

1. 주변 100리 안에 굶어죽는 사람이 없도록 하라.

1. 시집 온 며느리는 3년간 무명옷을 입어라.

필생

벌써 6월이다. 지난 겨울 이사한 새 아파트 단지 곁에 작은 공원이 있다. 어쩌다 일요일 해가 서늘해지면 산책을 나간다. 공원은 아파트와 함께 지난 겨울 조성되었다. 크기래야 학교 운동장만 하다. 산책길 둘레 한 바퀴는 5분이다. 옮겨 심은 나무 몇 그루는 활착하지 못하고 죽었다. 다행히 몇 그루를 빼고 나머지는 초록색 잎사귀를 달았다. 이제부터 제 몫으로 살아갈 자리를 잡아 다행이다 싶어 안심이 된다.

가장자리 둘레를 따라 생긴 긴 타원형의 산책로 안쪽은 잔디밭이다. 양 손바닥 크기의 정사각형 잔디가 잇대어 영락없는 바둑판이다. 듬성듬성 내가 이름을 모르는 나무들이 심어져 있다. 잔디가 어렵사리 뿌리 내린 곳에 잡초는 어느 틈에 키를 키웠다. 무엇이 시키는지는 모르겠으나 나는 잡초를 뽑는다. 힘들게 하지는 않고 하고 싶은 만큼만 뽑는다. 내가 이곳으로부터 얻는 충족의 보은 행위가 되는지도 모르겠다.

6월도 중순이 지나자 잡초는 일주일이 의심스러울 정도로 웃자란다. 잔디는 겨우 손가락 두 매듭이다. 해지기 전의 산하는 평안하다. 잡초를 뽑는 몸의 움직임도 뒤따라 차분하다. 겸손해지고 이유없이 다정하다. 제법 뿌리 깊어 힘을 모아야 하는 녀석도 있다. 어깨 근육과 등줄기와 허벅지와 발바닥에 동시에 힘이 모이고 흐른다. 풀 사이로 아직 어떤 놈인지도 모를 작은 연두색 풀벌레가 뛰어달아난다. 2밀리미터 정도나 되려는가. 비록 변두리일망정 서울이라는 대도시의 이제 막 조성한 공원 잔디밭에 누가 뿌리지도 않고 어떻게 왔는지도 모를 잡초는 왕성하다. 제 생명을 위한 탐욕이 눈부시다. 작은 풀벌레는 또 어디서 어떻게 왔는지 모를 일이다. 설마 생명이 그렇게 고요하고 활기찼는가. 그랬던가.

저만큼 웬 꼬마 녀석이 매미채를 들고 풀섶을 헤집었다. 병 속에는 쌍심지를 돋아야 눈에 들어오는 작은 풀벌레 몇 마리가 있었다. "여섯 살짜리 아이야, 놀다 집에 갈 때는 병 속의 그 작은 녀석들이 통통 튀어가도록 놓아주려무나." "우리 집에는 곤충이 많아요. 누나하고 내가 키워요. 정말 재미있어요. 이 애들도 누나하고 내가 키울 거예요." 꼬맹이는 또박또박 진지하고 자랑스러워했다.

내가 어렸을 적 어찌어찌 내 것이 된 때까치 새끼에게 밥알을 먹여보려 하고 파리도 잡아 먹여보려 해도 받아먹지 않았던 새끼 새의 기억이 또렷하다. 나 역시 진지했다. 하다하다 안 되어 동산 나뭇가지에 올려놓았다. 그리고 잊었다. 풀벌레가 자라고 새들의 먹이가 되고 거미줄에 걸려 발버둥치는 것은 자연의 필생이다. 제 몫대로 살다 가을과 함께 사라지는 것도 자연스러운 운명이다.

아이에게 잡혀가는 저 풀벌레가 자연의 필생 모습이 아닌 것만큼은 확실하다. 꼬맹이에게 잡힌 녀석들의 운명은 무어라고 이름붙여야 하는 것인지 모르겠다. 아무리 생각해도 다른 생명체의 욕심과 유희 때문에 태어난 생명이 있을까 싶다.

황혼이 아름다운 건 삶의 질곡을 건너온 어리석은 허물을 잊지 않고 소박한 위안으로 삼은 때문이다. 저 꼬맹이도 먼 나중 지금의 나처럼 필생이라는 형언할 수 없는 언어의 무게에 휘청거릴 때가 올 것이다.

라면을 끓이며

김훈은 「라면을 끓이며」라는 산문에 "라면을 끓일 때 나는 미군에게 얻어먹던 내 유년의 레이션 맛과 초콜릿의 맛을 생각한다. … 나는 라면을 조리할 때 대파를 기본으로 삼고 분말 스프를 보조로 삼는다. 대파는 검지손가락만한 것 10개 정도를 하얀 밑동만을 잘라서 세로로 길게 쪼개놓았다가 라면이 2분쯤 끓었을 때 넣는다. … 파가 우러난 국물에 달걀이 스며들면 파의 서늘한 청량감이 달걀의 부드러움과 섞여서, 라면은 인간 가까이 다가와 덜 쓸쓸하고 먹을 만하고 견딜 만한 음식이 된다. 파와 달걀의 힘으로, 조금은 순해진 내 라면 국물의 맛을 36억 개의 라면에게 전하고 싶다"라고 적었다.

점심으로 혼자 라면을 끓인다. 30여 년 전 초가을 어느 날 친구 정鄭의 집에서도 점심으로 라면을 먹었다. 그는 키가 크고 뼈대가 굵다. 그의 별칭은 '조또아재'다. '조또'란 말은 별것 아닌 시시함을 의미하고 수틀리거나 마음에 안 들면 어깃장을 놓을 수도 있다는 뜻이자 부탁을 넣을 때 제 무색함을 감추려는 은근한 응석이기도 한, 저 먼 전라도 남쪽 해안가 사람들의 방언이다. 그는 이제 이 세상 사람이 아니다. 그해 초겨울 몹쓸 선택을 하고 말았다.

정처 없던 청소년시절이 지난 후, 고향마을 친구들은 작은 모임을 만들었다. 일 년에 한번 생일 순으로 순서를 정해 돌아가면서 당일 숙식을 떠맡는 식이다. 거창한 것은 없고 이제 객지로 떠도는 친구들 얼굴이나 한번 보자는 속셈이다. 만나면 세상 사내들이 그렇듯 한잔 술에, 너는 여전히 침 튀며 목청 좋다고 입씨름도 하고, 너는 여태도 매운탕 국물 흘린다고 구박도 받고, 혁대 풀린 넉살에 시간가는 줄 모르다 종래 잡아놓은 여관으로 가서 그 시절 국민오락이던 고스톱을 치게 마련이었다.

그는 화투를 치지 않았다. 그래도 반드시 있어 주어야 하는 존재다. 그날 따라 재운이 없어 돈을 털린 친구에게 뒷돈을 대주는 책임이 어느 틈에 그의 몫이 된 때문이다. 언젠가 뒷전에 앉아 구경하는 그에게 계부繼父 쪽의 항렬 상 조카뻘인 녀석이 돈이 바닥나자 "아재 돈 좀 빌려줘. 안 빌려주면 조또 '아재'라고 안부를 거야"라며 응석을 부린 것이 효시가 되어 모처럼 만나고 술이 얼큰해지면 우리 모두 그를 '조또아재'라고 부르기 시작한 것이다. 그는 그때마다 사람좋은 얼굴로 웃었다. 마침 그는 우리보다 나이가 한 살 위이기도 했다.

그가 끓인 라면은 싱거웠다. 면발은 늘어져 후루룩 들이키면 그만이었다. 흔한 달걀도 없다. 김훈이 끓이는 라면에 비하면 턱도 없이 단순했다. 그런데도 라면은 부드럽게 미각을 훔쳤다. 시원하고 수월했다. 물을 많이 붓고 불이 세지 않게 끓여낸 때문인가, 면발은 부드럽고 조미료 맛이 희석된 국물은 은근 삼삼했다. 오늘 내가 끓인 라면은 어느 쪽에도 끼지 못한다. 혼자 대충 한 끼를 건너려는 현실만 있다.

그는 그의 어머니가 김씨가金氏家로 개가해오면서 어머니를 따라왔다. 그래서 그는 정씨鄭氏로 김씨가에서 성장했다. 초등학교를 마치자마자 김씨가의 큰집에 꼴머슴이 되었다. 열여덟 살이 되자 K시로 나가 시청 일용직으로 취직했다. 스물둘에 아내를 만나 형제를 두었다. 명절을 맞아 고향마을에서 만나는 그는 한결 환해진 얼굴이었다. 어머니 회갑날 그와 그의 아내는 K시에서 악사들을 불러와 마을잔치를 열었다. 그의 성장을 지켜본 마을사람들은 온통 홍에 겨웠고 안쓰러웠던 것만큼 덕담은 넉넉했다. 오월의 산과 들은 마을 확성기가 토해내는 기타와 아코디언 소리에 푸르게 흔들렸다.

어머니가 세상을 뜨자 그는 다섯 살 먹은 둘째아들을 데리고 고향마을로 돌아왔다. 새로 집을 짓고 적으나마 농지를 구입했다. 그의 아내는 함께 오지 않았다. 어쩐 일인지 몇 해가 지나도 명절은 혼자였다. 그는 농사를 돌보며 인근 도시나 멀리 대도시까지 일하러 다녔다. 열심히 일했고 틈틈이 재미삼아 낚시질을 했다. 어느 핸가 그는 삭정이같이 마르고 왼쪽 볼에 반 뼘만큼 자상 흔적이 깊고 목에서 가슴으로 불에 댄 흉터가 눈에 드러나는 여자를 데리고 왔다. 나이를 분간키 어려운 얼굴은 세월의 흔적이 깊었다. 뜻밖이었지만 그의 뼈대는 더욱 단단해진 것 같았고 보폭은 넓어지고 목소리에는 힘이 들어찼다.

무엇일까. 그는 자기가 태어나고 살아오며 가졌던 회한과 결핍을 그 여자에게서 본 것 같았다. 자신보다 나이가 많고 몸에 설명할 수 없는 흉터를 지닌 삭정이 같은 여자를 통해 그네를 품는 것을 자신의 삶을 품는 것으로 삼았는가 싶다. 그네를 통해 삶을 핥으며 위로하였는지도 모른다. 그는 더 자주 웃었고 초등학교를 입학한 둘째 아들은 여자를 잘 따랐다. 그렇게 십여 년이 흐르던 저물어가는 초겨울 어느 날 그의 본처가 돌아왔다. 서로 다른 생의 태도는 함께 같아지기 어렵다.

철이 들면서부터 종래 평생에 엉켜 풀리지 않았을 비애가 그를 후볐던가. 그는 태어날 때부터 짐 지워졌던 부당한 것들을 노려보았을 것이다. 그리고 그것들에 빚진 것 없고 그래서 남길 미련조차 없다 생각했는가. 어둠이 인간의 가장 약한 고리인 원망을 부추겼고 한순간 찢겨진 영혼이 그를 무너뜨렸다.

마을에 들어서자 먼저 도착한 친구가 그가 죽음 직전의 고통을 겪고 있는 인근 도시의 병원을 다녀오는 중이라고 했다. 지금 가면 생전의 마지막 모습을 볼 수 있을 것이라고 다녀오기를 권했다. 나는 가지 않겠노라고 마을을 나서지 않았다. 유식하게 관계와 관계는 살아 숨쉴 때만 유효한 실재라고 여겼던 것인가! 그는 그렇게 생의 강을 건너버렸고 오늘 나는 그날의 비인간적이던 선택을 돌아보며 라면을 끓이고 있다. "맛은 화학적 실체라기보다는 정서적 현상이다. 모든 시간 속에서 맛은 그리움으로 변해서 사람들의 뼈와 살과 정서의 깊은 곳에서 태아처럼 잠들어 있다. 맛은 추억이나 결핍으로 존재한다"고 김훈은 그렇게 적어놓았다. 오늘 라면을 끓이며 그의 집에서 그가 끓여주어 후루룩 마셨던 라면을 기억한다. "기억만이 뒤를 돌아보면서 마치 섬광처럼 삶을 한번 쭉 훑어볼 수 있다"고 누군가 그랬다.

흔들리다

오금공원의 어지간한 밤나무와 참나무는 모두 목피가 벗겨진 크고 작은 상처 자국을 지니고 있다. 그 밤나무는 마주선 내 눈높이에 꽤 길고 넓게 껍질이 벗겨져 있다. 벗겨진 목피 끝은 두텁게 오므려졌고 드러난 몸치는 갈색으로 메마르고 단단하게 굳었다. 상처는 나무가 자라는 것과 함께 커졌을 것이다. 누군가 밤을 따려고 둥치를 흔들고 때린 수단을 가리지 않은 자국이다. 남보다 먼저, 남보다 더 많이 가지고 싶은 욕심이 남긴 흔적이다.

그 밤나무는 오금공원에 있는 몇 그루의 밤나무 중 가장 크고 튼튼해서 알밤이 크고 양도 많았다. 못해도 수령이 30년은 너끈했다. 초가을이 되면 내 산책코스가 바뀌는 것은 이 녀석 때문이다. 운이 좋은 날은 알밤 두어 주먹은 거뜬했다. 운 좋은 날은 쾌청한 날이 아니라 누구도 오가지 않는 비바람 치는 날이다. 어느 해부터인가 밤나무는 생기를 잃어갔다. 주변 환경이 달라진 것이 없는데도 가지와 잎이 조금씩 줄고 말라갔다.

언제부터인가 목피가 벗겨진 곳에 내가 여태 보지 못했던 이상한 습성을 지닌 개미가 둥지를 틀었다. 내가 본 개미들 중 두 번째쯤의 크기였다. 대략 6~7밀리쯤이다. 머리는 짙은 흑색이다. 목을 지나 몸통은 적색으로 변해가다 꼬리 쪽은 다시 검어졌다. 불개미인가 싶었으나 내가 아는 불개미보다 커보였고 날렵해보이지 않았다. 무척 단단하고 억세 보였다. 어쩌다 지나가면 부러 들여다보기도 했다. 겨울에는 한 마리도 볼 수 없다. 5월 중순이 지나면 벗겨진 껍질 사이에 무리를 이루고 서로의 몸을 에워싸고 있다. 한 마리도 움직이는 것을 보지 못했다. 항상 주먹처럼 뭉쳐 있다. 해가 가면서 무리는 점차 커졌다. 지난 초가을에는 내 주먹 두 개를 합한 만큼 되었다.

이상한 종이다. 개미라는 놈들은 외부의 적을 위해 병정개미도 있고 의식을 해결하기 위해 일하는 일개미가 있는 것으로 안다. 헌데 이 녀석들은 온종일 빈틈 하나 없이 몇 겹인지도 모르게 에워싸고 움직이지 않는다. 나뭇가지로 일부러 살짝 건드리면 언제 가만 있었냐는 듯 날쌔지는 것이 상상할 수 없을 정도다. 수도 없이 쏟아져 나와 쏜살같이 주변을 수색한다. 어찌나 재빠른지 잠깐의 틈에 벌써 나뭇가지를 타고 기어 올라와 내 손등을 물어재낀다. 그 녀석들이 지나가는 자리와 물린 곳에서는 시큼한 식초 같은 이상한 방향이 진하게 남았다. 나는 초가을 밤이 영글기까지 일부러 가지 않으면 그 녀석들을 마주할 일이 없다.

금년 초여름 우연히 그쪽을 지나다 호기심에 그 녀석들을 찾았다. 주먹처럼 뭉쳐 무엇을 그렇게 에워싸고 있는지 참을 수 없이 궁금했다. 나뭇가지로 심하게 헤집어보았다. 그동안 하지 않았던 짓이다. 은연중 생기를 잃어가는 밤나무 탓이다. 녀석들이 무단으로 나무를 점령하고 있다는 어쭙잖은 정의감이 한몫했다. 그 안에는 좁쌀 크기의 하얀 개미알들이 있었다.

녀석들이 움직였다. 백만 대군이 산개하며 돌진하는가 싶었다. 세상에 악귀가 날뛰면 이 모양일런가, 한순간도 지체하지 않았다. 잠깐도 한눈팔지 않았다. 그야말로 일사불란이고 일사천리다. 눈에 보였던 놈들 말고 나무둥치와 목피 사이에서도 밀물처럼 쏟아져나왔다. 그 녀석들의 움직임은 자신들이 세계에 유일한 존재자라도 되는 양 거침없다. 그 기세는 무서울 정도로 당당하고 화려했다. 인간인 나는 그 녀석들에게 아무 존재감도 없는 듯했다.

수년을 보아왔어도 먹이를 구하려 지상으로 내려와 활동하는 녀석을 보지 못했다. 그 녀석들은 항상 움켜진 주먹처럼 웅크리고 한 녀석의 이탈도, 미동도 없었다. 나는 그것이 늘 궁금했다. 이제 보니 그 녀석들에게서 나는 시큼한 냄새가 혹시 밤나무의 수액 탓이었는가. 밤나무 수액과 밤꽃이 품고 있는 냄새였던가. 그놈들은 겨울을 나기위해 껍질 속으로, 속으로 파고들었고 나무의 수액으로 생명을 보전해왔는가. 그래서 밤나무는 시들고 있었는가. 약탈자가 가진 질풍노도의 일사불란이고 일사천리였던가. 안다. 안다. 개미는 무리를 이루고 위계를 앞세워 기생해야 하는 생명인 줄 안다. 밤나무는 요지부동의 홀로 생명이라는 것도 안다. 그것이 질서의 실상이라는 것도, 피할 수 없는 일이라는 것도 안다. 헌데도 나는 잠시 잠깐 흔들리고 있다. 밤나무에 무심코 생채기를 내었을 인간의 욕심과 무심코라는 언어에 없는 듯 숨어 있는 인과를 생각하며 흔들리고 있다. 자연이라는 질서의 무심한 맹목성 앞에서 흔들리고 있다. 지금 공원은 깊은 겨울이다.

그곳에 산성이 있다

겨울 오금공원 숲은 텅 비었다. 봄과 여름이 가진 활기는 땅과 하늘 어디에도 흔적조차 없다. 지난 가을 갑자기 몰아친 초겨울 추위로 푸른 채 말라버린 북쪽 능선 아래 단풍나무들만 잎이 허옇게 탈색되어 오그라든 채 매달려 있다. 기어코 붉고자 했을 미련을 맹렬한 겨울바람조차 어쩌지 못하는 모양이다. 남쪽 양지의 단풍나무는 땅에 떨어진 잎조차 가지런하다. 십여 그루가 모인 그곳을 지나노라면 제법 당차던 겨울바람이 갑자기 순해진 느낌이다. 떨어져 누운 단풍잎들이 포대기에 잠든 간난아이의 오므린 작은 손 마냥 고요하고 가지런하다.

오후 산책을 끝내고 공원 능선에 있는 벤치에 앉아 휴대폰을 열어보니 송파구의 현재 기온이 영하 8도다. 어쩐지 무릎이 시큰댔다. 공원 능선 벤치에 앉으면 길게 뻗쳐오른 촘촘한 나뭇가지 사이로 남한산성이 보인다. 봄부터 가을까지 우거진 숲과 무성한 잎에 가려 보이지 않던 산성은 겨울이 되면 묵묵한 산의 능선을 따라 드문드문 하얗게 모습을 드러냈다. 산성 어디에도 역사의 흔적은 묘연하고 검푸른 산과 파란 하늘만 가득하고 아득하다.

한때 임금이 그곳에 있었다.

“참람하게도 오랑캐가 어마어마한 칭호(황제)를 부르면서 우리 나라를 얕잡아보고 모욕하기에 내가 천하의 큰 의리를 위해 사신을 거절해버린 것이 참화가 일어난 원인이 되었다. 경들이여, 경들이여 어찌하겠는가.” 울면서 탄식했다.

영의정 김류가 그곳에서 아뢰었다.

“싸우지 않으면 선비들이 그르다고 말하고 싸워서 이롭지 않으면 선비들은 또 그르다고 말하니 앞으로 어떻게 하겠습니까.”

척화파의 거두 예조판서 김상헌은 임금을 향해 머리를 조아렸다.

“예를 잃는 것은 세상이 망한 것이니 나라가 망하더라도 청과 싸워야 합니다. 명을 배반하고 청을 황제로 칭함은 도덕이 땅에 떨어져 인륜을 버린 바이니 인륜을 잃은 세상은 이미 망한 것입니다. 죽음을 무릅쓰고 싸우다 죽으면 천하에 의기를 표한 것이니 천하가 알아줄 것입니다. 화평을 청하자는 이조판서 최명길을 참하여 뜻을 세우소서.” 간과 뇌가 쏟아지는 일념은 청사에 남아 아직도 애끓고 있다.

밤이면 죽음이 지나갔다. 홑옷 걸친 군병들은 긴 겨울밤 성벽 위에서 추위에 얼어 죽어나갔다. 다만 그뿐이었다. 군병들은 벼슬 높은 중신이 척후를 함께 나가지 않으면 산성 밖으로 못 나가겠다고 불충을 하소연했다. 임금이 그들을 찾아 울음을 들었다. "싸움이 끝나 사직이 보전되면 너희는 대대로 청사에 남을 것이니 충성으로 견디거라." 차가운 대기를 타고 옥음은 떨며 퍼져나갔다.

임금이 삼전도를 향하기로 결정하자. "신들의 시신을 넘어가소서!" 서릿발 같았던 충심은 다만 그뿐, 그들은 미리미리 걸음을 북문으로 옮겨 어디론가 흩어졌다. "신의 시신을 밟고 가소서!" 청음淸音이 남한산성 하늘을 꿰뚫고, "삼전도를 가신다면 신이 삼전도를 봉행하겠나이다." 얼어붙은 초목조차 울먹거리게 하던 예조판서 김상헌의 발걸음은 임금이 삼전도를 향하기 이틀 전 안동 향리로 옮겼다.

실록의 기록 어디에도 싸워야 함이 조선을 위해, 조선 사람을 지키기 위해, 조선의 임금을 위함이라는 문자는 찾아볼 수 없었다. 검푸른 능선과 턱없이 높고 파란 하늘 어디에도 싸워야 함이 조선 때문에, 조선 사람, 조선의 임금을 위해서였다는 말은 묘연했다. 차라리 지워졌으면 좋을 명과 명의 황제를 위한 충성과 천하를 위한다는 박제된 의기의 명분만 그득했다.

청이 척화斥和의 주동자를 보내라하자 의논이 분분해졌다. 그 와중에도 문벌과 권세를 틀어쥔 중신들은 예외 없이 빠지고 빈한한 가문에 낮은 벼슬자리들로 채워 보냈다. 삼학사처럼 초기에 심양으로 끌려갔던 사람들은 대부분 살아 돌아오지 못했다. 나중 청의 재촉에 어쩔 수 없이 심양으로 향했던 이들은 대부분 살아서 돌아왔다. 훗날 인조 임금이 예조판서 김상헌을 향해 쓰디쓴 탁음濁音을 토하자 사관은 기록해놓았다. '임금을 속이고 백성을 속여 허명을 얻음이 이와 같으니….' 심층세계는 역사의 표층 아래 지워지지도 버려지지도 못한 채 잔명을 부지한다.

누군들 시대를 무시하고 벗어날 수 있을까. 그들이 그랬듯, 애써 지나가는 오늘의 내 삶도 나의 시대와 겹치고 있을 것이다. 내게 이어진 패배의 역사가, 다가올 삶들을 향해 뻗치고 무엇인가를 위한 해방이거나 변화를 위한 욕망을 안고 있었다면 얼마나 다행이었을까. 그들은 그해 겨울 그곳에서 살을 찢어가르는 춥고 모진 밤과 허기진 아침을 함께했다. 그들의 모든 신음이 아무리 빠짐없는 역사로 기록되어도 끝내 기록되지 못한 어떤 것들은 역사의 명징한 기록 아래 침묵으로 남는다. 나는 그것을 얼마만큼 이해하고 존중하고 있을까. 그곳에 산성이 있다.

후기 : 『이조실록』 237권 인조 14년 병자년 2월부터, 238권 인조 15년 정축년 2월 사이에서 가져옴. 『이조실록』은 이조판서 최명길, 영의정 김류 등의 몇 사람만이 용골대가 사신으로 왔을 때 화친할 것을 주장했다. 예조판서 김상헌을 필두로 모든 신료들과 사림 유

생들은 용골대의 목을 치고 최명길에게 죄를 줄 것을 주청했다. 광해군이 청과 화친한 것이 서인의 인조반정 명분이었으니 명에 대한 사대는 반정공신들의 입지였고 인조정권 성립을 뒷받침해주는 정당성의 토대였을 것이다. 최명길이 청나라 진영을 오가며 결국 화의를 이끌어 종묘사직을 보존시키게 되자, '예를 잃는 것은 세상이 망한 것이니 나라가 망하드라도 청과 싸워야 한다'고 주장하며 최명길을 죄 주자던 척화파의 신료들은 임금이 서문을 나가 삼전도를 향해갈 때 어디론가 피신했다. 임금을 모시고 삼전도를 가겠다고 하던 김상헌은 인조가 삼전도에 나가기 이틀 전 향리인 안동으로 낙향했다.

인조 등극의 정통성을 볼모로 삼아 청의 뒷배를 견제하도록 만든 명은 그들의 사서 『양조종실록』에 반정을 '찬탈'이라고 기록해놓았다. 훗날 이를 알게 된 조선은 청에 이 기록을 고쳐줄 것을 애걸한다. 인조의 정통성이 훼손된다는 기막힌 사대 때문이다.

기도

(그 무엇도 요구하지 않고, 아무것도 시샘하지 않으며 어느 것도 원망하지 않는 유기체의 본래적인 것. 그 난망한 율동)

비가 오는 공원을 산책하고 있었다. 비는 가느다래지고 공기는 폐를 기분 좋게 편하게 했다. 그 녀석들은 뒤쪽에서 갑자기 나타났다. 아니 쾌활한 소리가 먼저 떼그르 굴러왔다. 비옷 입고 우산을 쓴 대여섯 살부터 열 살 안팎의 남녀아이 십여 명이 우르르 쿵쾅 달려왔다. 꽁지머리가 예쁜 처녀선생님도 잘도 어울려 달렸다. 그 패거리가 지나고 조금 있자 예닐곱 명의 아이들이 다시 왁자했다. 아이들 모두 우산을 거꾸로 까뒤집어 쓰고 있었다. 자랑스러워 죽겠다는 표정이다. 갑자기 기도하고 싶어졌다. 나도 모를 소리가 불쑥 튀어나왔다. '저들을 저들의 우산으로 남게 하옵시고….' 인간의 눈은 어떤 경우 습해지는 기능이 있다.

내 어린 날, 낡은 의자를 싣고 목포에서 여수를 오가며 남도를 가로지르던 경전선 시커먼 검정 기차가 고향 새재 들녘 활짝 열린 봄 사이로 눈부시게 달리고 있었다.

제3장
단상

'내꺼' 그리고 '웬쑤'

초목이 무성한 8월이다. 맞은편 작은 개울 건너 아름드리 느티나무 그늘 아래 둥근 원탁과 하얀 의자가 개울 물길을 따라 듬성듬성 놓였다. 마주 보이는 원탁에 기왕에 앉아 있던 일가족이 떠나자 새로 젊은 남녀 넷이 오더니 빙 둘러앉는다. 청년 한 명은 짙은 감색 바지에 연한 청색 와이셔츠가 잘 어울린다. 다른 한 명은 청바지에 옅은 그레이 컬러의 티셔츠가 보기 좋다. 그 옆자리에 앉은 처녀도 청년과 같이 청바지에 그레이 컬러의 티셔츠를 입었다. 다른 처녀는 긴 감색 치마에 생머리가 출렁인다. 한눈에 보아도 넷은 연인 관계다. 하늘은 유쾌하고 바람은 상쾌하고 물은 쾌활하게 흐른다. 누가 뭐래도 청춘은 빛난다. 마주 보든 나란히 앉든 만 리를 떨어져 있든 두근대고 바보가 되고 안달하게 하고 기대하고 원망하게 하고 희망하고 빛나게 한다. 보는 사람을 즐겁게 하고 시샘하게 만든다.

오랜 장마 중의 휴일, 모처럼 날이 맑았다. 코로나바이러스로 갇혀 있는 신세가 가여워서인지 아내가 가까운 남한산성 계곡으로 끌고 나왔다. 시원하고 고소한 콩국수를 점심으로 맛있게 먹고 커피를 들고 붉은 글씨로 '출입금지'를 큼지막하게 매달아 놓은 철책 틈새를 비집고 들어와 커다란 나무 그늘과 제법 깊은 소가 소용돌이치는 물가 바위에 자리를 잡았다. 신발 벗고 바짓자락 걷어올리고 계곡물에 발을 담그고 앉아 있다. 우리가 앉은 쪽은 아무도 없다. 담대한(?) 아내가 아니었으면 철책을 뚫고 들어올 염도 못내는 내 주변머리다. 어쨌든 돌도 없이 좋은 자리를 차지하고 있다. 우리가 앉은 개울 건너 맞은편은 일층 식당과 이층의 카페 그리고 야외 휴게시설까지 대단한 정성을 들였다. 크고 번듯하다. 모처럼 맑은 날씨에 끌려나온 가족, 연인들이 삼삼오오 각양각색이다. 개울은 건너편 사람들이 이쪽으로 오는 것이 만만치 않게 수량이 많고 힘차다. 덕분에 아내와 나는 여유롭고 편안하다. 아내와 나는 어쩌다 한 번씩 바닷가에 가서 사람 없는 갯바위에 멍하니 앉아 있기도 한다. 오늘처럼 한나절 그냥 앉아 있다 오기도 한다.

건너편 청년 둘은 의자 등받이에 몸을 부린 채 무릎을 꼬고 앉았다. 두 녀석은 코에 닿을 듯 휴대폰을 치켜들고 있다. 처녀 둘은 얌전히 발을 모았다. 청바지를 입은 처녀는 원탁에 올려놓은 휴대폰을 내려다보고 치마를 입은 아이는 손에 들고 고개를 숙인 채 보고 있다. 넷은 그런 자세로 미동도 없다. 이십여 분쯤 되었을까, 키가 껑충한 청바지가 일어서더니 식당 건물로 들어갔다. 남은 셋은 여전히 휴대폰 삼매경이다. 잠시 후 청바지가 커피 담긴 네모진 종이 상자를 들고 와 원탁 위에 올려놓는다. 각기 하나씩 뽑아들었다.

맞은쪽에서 처음으로 서너 살쯤의 사내아이가 키 작고 왜소한 아빠와 개울에 들어섰다. 우리가 앉아 있는 곳에서 대여섯 걸음 개울 중앙에 아내가 화난 불곰을 닮았다고 말한 내 키보다 훌쩍 크고 황소보다 훨씬 큰 바위가 버티고 있다. 꼬마 녀석이 바위에 붙어 용을 쓴다. 제 딴에는 오를 것 같은 모양이지만 턱도 없다. 발을 받혀주고 있는 아이아빠의 걷어올린 바지가 엉덩이까지 젖었다. 아내가 환하게 웃는다. 분명 우리 아이들 어렸을 적 모습을 떠올리는 것이다. 아내는 쬐그만 사내아이 녀석들이 노는 모양만 보면 감탄하는 버릇이 생긴 지 오래다. 그러고는 어김없이 "역시 사내아이들 노는 것이 이쁘지요." 못내 내 옆구리를 찌른다. 아들 녀석들이 장가들 생각을 하는 건지 안 하는 건지, 그러니 우리에게는 손주가 없다.

원탁에 앉은 그들이 일어섰다. 커피를 다 마셨는가. 아내가 볼멘소리를 했다. "누가 그만 일어나자고 손짓이라도 했어요. 아니 재들은 뭐하러 왔대요?" 아내여! 젊은 그들이 말 한마디 안 하고 휴대폰만 들여다보고 있어도 서로 좋은 것을 어쩌겠는가. 저들은 우리를 보고 '휴대폰도 안 보고 왜 저렇게 앉아 있을까' 궁금해했는지 누가 알겠는가.

내 휴대폰에 아내는 '내꺼'라고 입력되어 있다. 아내 휴대폰에 나는 '웬쑤'라고 찍혀 있을지도 모를 일이다. 사랑은 별 수 없는 내꺼와 웬쑤의 동거다. 우리가 만들고 사용하는 언어는 대칭을 이루고 있다. 선善이 있으면 악惡이 동행하고 애愛가 있으면 증憎이 따라붙는다. 우리 본성이 그 모양이다. 그래서일 것이다. 사랑은 기쁨이기도 하지만 유치할 수도 있는 감정들에 흔들리고 부대끼는 시련이기도 하다. 가능하든 안 하든 좋은 마음을 가지려는 노력이다. 시린 원망조차 염려해야 하는 것이고 이겨내야 하는 엄연한 현실이다. 좋아하는 것은 아름다운 꽃을 즐기는 것이지만 사랑은 꽃을 피워내는 일이다. 오래 오래 견디고 기다리고 기다리는 실천이다. '내꺼'든 '웬쑤'든 말하든 안 하든 그를 품고 지켜주는 일이다. 그래, 바람도 구름도 숲도 물도 그득해진다. 우리네 삶은 지극히 상투적인 말 속에 가장 어렵고 두려운 도리를 품고 있다. 사랑은 사랑받는 사람의 어여쁜 모습이 아니라 사랑하는 사람의 마음이다. 8월의 무성한 초목이 그렇다고 한다.

'당신은 전생에 나한테 무언가 엄청 잘못했고 빚도 무지하게 많이 짊어졌을 거야. 그러지 않았으면 내게 와서 이리 험한 고생을 할 리가 없지. 그러니 나는 하나도 미안해하지 않아도 되는 거야.'

'말 안 해도 아네요. 우리 이생에서 빚 다 갚으면 다음 생에는 안 만나도 되겠네요?'

'아니야 그래도 이자가 조금 남을 거야. 그러니 또 만나야 한다고….'

소년

9월이 오면, 남광주역 플랫폼에서 기차를 기다리던 열일곱 살 소년을 기억한다. 시속 30킬로미터가 장하다는 듯 남녘을 가로질러 목포에서 부산 삼랑진을 오가는 경전선 열차를 타러가던 소년을 본다. 경부선이나 호남선을 기세 좋게 오르내리다 퇴물이 되어 떠밀려온 칠 벗겨진 기관차는, 구부러진 길대로 고분고분하다가도 오르막은 투정하듯 씩씩대고, 내리막은 턱도 없이 통탕거렸다. 산마루를 휘돌거나 터널을 벗어나면 어김없이 긴 기적을 울렸다. 학동 건널목과 방림 철다리 중간에 남광주역은 플랫폼 아래 없는 듯 엎드려 있다. 플랫폼에는 교복을 입은 학생들이 언제나처럼 일주일 만의 귀향을 기다렸다. 토요일 하오의 풍경은 늘 그랬다.

학동 건널목에서 파란 치마 흰 자켓을 입은 한 소녀가 초록바구니를 들고 철길을 따라 걸어왔다. 철길 옆 코스모스가 흔들렸다. 하늘은 파랗게 멀었다. 철길 위의 허공은 뻥 뚫렸다. 느슨하던 초가을 하오의 햇빛이 서늘해졌을 것이다. 남광주역 개찰구로 가볍게 사라지는 그를 보며 '머잖아 반드시 만나게 될 것이다'라는 이 어이없는 생각은 왜 그리 자연스러웠고 분명했는지 지금도 나는 궁금하다. 학동 건널목 못미처 하치장에서 흘린, 볼품없는 검은 석탄이 얼마나 맑은 색깔인지 알게 된 것도 9월의 그곳이다.

밑도 끝도 없는 황당한 믿음은 어디서 왔을까. 9월의 예민한 바람이 스윽 지나가며 말해주었는가. 며칠 후 하굣길 골목 담벼락에 나는 그대로 멈춰섰다. 내 자취방 옆집 이삿짐 곁에 서 있는 그와 마주친 것이다. 편모의 가난한 집 맏딸이던 그는 학동시장에서 엄마의 가게 일을 도우며 야간 여고를 다녔다. 어쩌다 마주치면 부끄러워했고 나는 미안했다. 우리는 1년여를 그렇게 말없는 그림자처럼 지나쳤다.

9월이 아니어도 그랬을까. 이상했던 확신과 아득했던 하늘과 뻥 뚫린 철길을 따라 학동 건널목에서 걸어오던 그를 기억한다. 철길도 건널목도 없어졌지만, 열일곱 살 소년을 본다. 기적소리를 듣는다.

일상에서

오늘 아침 식탁은 모두 내가 좋아하는 것들이다. 자잘한 조기구이와 잘 익은 게장, 그리고 된장찌개와 김치다. 게장은 육동으로 담은 녀석이다. (육동은 꽃게를 육지에서 곧바로 급냉동시킨 놈이다. 보통 살아 있는 게로 게장을 담가야 되는 줄 알지만 살아 있는 놈은 살아내느라 속은 허하고 오히려 껍질만 싱싱하기 십상이다. 그래서 게장을 제대로 담글 줄 아는 주부는 속살이 그대로 보전된 육동을 제일로 친다.) 된장은 제수께서 가평농장에서 직접 키운 콩과 고로쇠물로 담근, 간장을 뽑아내지 않은 순된장(막장)이다. 그냥 먹어도 고소하다. 김치는 근래에 담근 것 중 가장 맛있게 담가졌다. 배추는 무르지 않고 단단하고, 양념은 맵지 않으면서 은근하게 매운맛을 넘본다. 맑고 투명한 새우젓이 간에 배어 단순한 식물성을 김치로 숙성시켜 풍미를 보태놓았다. 나이든다는 것은 어지간히 김치에 까다로워졌다는 의미다.

아침이든 저녁이든 식탁은 풍성하다. 음식을 말하는 것이 아니다. 아내와 내가 마주앉아 온갖 이야기를 나눈다는 뜻이다. 오늘 아침은 두 번째 읽고 있는 위르겐 카우베의 『헤겔의 세계』에 대한 감상을 말하는 끝에 아내가 몹시 안 됐다는 듯, "누구한테 물려줄 수도 없고…" 자칫 안타깝다는 듯 건너다보며 배시시 웃는다. 내가 이겼다는 표정이 역력하다. 하긴 틀린 말이 아닌 것은 확실하다. 내가 읽어낸 책의 지식을 돈이나 아파트처럼 물려줄 방도는 없다. 그렇다고 남을 가르칠 것도 없다. 이미 배우고 가르칠 처지는 훌쩍 지났다. 혼자 추구하고 이해하고 즐거울 수 있을 뿐이다.

오늘 아침 승자는 아내다. 아내가 일상 삶에서 습득한 지식에는 책이 가진 논리 이상의 정신이 구체화되어 있다. 그는 스스로 편하기 위해서라는 변명 속에 오래 전부터 적은 금액이지만 사회적 기부에 매달 자동이체 되도록 하고 있다. 그가 얼굴도 모르는 사람들을 위해 기부행위를 하는 것은 어떤 이로움을 주었는지 알지 못해도 좋다. 그 자체로 가치 있는 일이기 때문이다. 어디서, 누구에게, 어떻게라는 의심 때문에 따지고 망설이는 나는 비교할 수 없다.

요즈음 젊어졌다는 말을 듣는다. 도서관에서 가끔 인사를 나누는 동년배가 정색을 하고 한 말이다. 며칠 전에는 점잖은 분에게서 '참 젊게 산다'는 칭찬도 들었다. 일찍이 쇼펜하우어는 "아름답지 않은 젊음은 그래도 늘 매력이 있지만 젊음이 없는 아름다움은 매력이 없다"고 늘씬하게 젊음을 상찬해놓았다. 젊다는 것은 활력 있다는 의미다. 활력은 의욕의 발산이다. 내가 젊게 산다거나 젊어졌다는 말을 듣게 된 것은 아마도 생각과 실천에 대해 의욕을 갖자는 발상 때문인가 싶다. 친숙하고 익숙하여 무심하게 지나치는 것들을 좀 더 까다롭게 들여다본다. 책을 읽는 일에도 책이라는 물상에 대해, 종이처럼 물리적이고 기술적인 것부터 책을 이루는 누군가의 생각, 전달하고 알리고 싶은 지식체계나 발견물, 결정적으로 그것을 인식 체계화시킨 사람의 이상, 그리고 그것들로부터 내가 발견하는 인식까지 나름의 궁리를 천천히 즐긴다. 젊어졌다는 것은 그런 생각을 잊지 않고 실천하려는 때문인지도 모른다.

생각해보면 아내가 책에서 얻은 지식을 물려줄 방도가 없다고 고소해(?)하는 것은 맞지만 얼핏 드러나는 일면에 불과할 수도 있다. 내가 책을 읽어 인식의 양과 질을 확장했을 때 나는 말과 행동이 긍정적으로 변하고 고요해질 수 있다. 그것이 오히려 무엇보다 좋은 자세일 수 있다. 무엇을 배우느냐가 아니라 어떻게 배우느냐의 덕목 같은 것이다. 그런데 이런 반론은 아내에게 하지 않는 것이 중요하다. 그렇잖아도 막무가내로 싫다하는 그에게 다음 생에 다시 만나야 한다고, 그가 이생에서 나를 구했으니 다음 생은 내가 그를 책임져야 한다고 설득하고 있다. 가까스로 '하는 것 봐서'라는 언질을 받은 처지다.

학문에 이런 간지가 들어 있을 리가 없다. 문학은 그럴듯하게 포장하고 누벼놓는다. 학문은 진리를 구하고 배우는 것이지만 문학은 인간이 가진 본래적 모순을 객관화를 통한 형상화로 구체적 진실을 구한다. 백이면 백 모두가 어려워하는 철학이란 놈이 배우는 것이 아니고 생각하기를 버릇들이는 일에 불과하다고 한다. 그러고 보면 일상의 성찰에서 길어올리는 수필문학이야말로 생활세계의 참 철학인 셈이다. 내가 젊어졌다거나 젊게 산다는 말을 듣는 것은 수필이라는 글 세계를 기웃거린 덕분임이 분명하다. "생각하기를 버릇들인다"는 말은 참 상쾌하다.

서구문명의 '자유와 부'는 한몸을 이루고 출발했다. 그리스 아테네공화정은 오늘날 것과는 비교될 수 없는 계층적이고 선택적 형식에 의지했다. 공화정은 자유인에 한정되었고 자유인은 토지를 소유한 시민계급 남자를 지칭한다. 재산을 소유하는 것만이 유일한 수단이었다. 그러나 기원전 6세기 그 아득한 시대에 지배와 피지배라는 권력관계를 하늘과 신으로부터 부여받지 않고 공동체 합의 소산으로 정당성을 찾았다는 것은 놀라운 일이다.

동아시아 문명 천명관天命觀에는 공동체 구성원 간의 합의에 의한 권력관계는 없다. 하늘의 뜻이라는 무한의 절대성에 의존한 지배와 피지배 당연성만이 존재한다. 인간행사 선악과 진퇴를 불문곡직 절대성(천명)에 귀속시켜 하늘의 뜻과 탓으로 함몰시킨다. 지배의 정당성은 스스로 도구화되어버리고 인과의 책임성은 하늘이라는 영역으로 귀속된다. 누구에게 책임을 지울 수도, 질 수도 없는 하늘로

올라가버린다.

내가 생각하는 문명진보란 생존에 유리한 선택을 위해 집단화를 이룬 인류가 필연적으로 구조화시킨 위계질서 변화에서 찾을 수 있다 여긴다. 말하자면 '차이는 인정하나 그로 인한 차별은 불용'하는 질서로 변화해온 여정으로 생각한다. '인본주의와 자유의 상향동질화, 만인의 자유'가 걸어온 길이다. 유감스럽게도 유럽문명 모태인 그리스문명 자유가 재산소유와 불가분 상관관계로 출발하여 인류 후세들이 오랜 세월 허둥댔고 오늘날까지 고뇌 속에 소유와 자유라는 함수관계를 모색하고 있다. 그러나 그리스인들 자유가 태생적으로 차별이라는 한계를 가졌지만 정말로 다행인 점은 권력의 인과가 인간 합의에서 출발하고 합의에 규준한다는 것을 보여준 점이다. 지배와 피지배간 인과귀착이 신이나 하늘이라는 인간 힘으로 어찌해볼 수 없는 대상이었다면 인류문명은 자유를 지금과 같은 모습으로 구현해내지 못했을지도 모른다. 합의정신은 실종되어버리고 당연성만 남아 군림했을 것이기 때문이다.

서세동점西世東漸은 근대의 일이다. 17~18세기 계몽주의 조류가 서구세계를 달아오르게 하는 시점과 일치한다. 이성의 시대를 연 기라성 같은 사상가들 홉스, 로크, 흄, 맬서스, 아담 스미스, 밀, 볼테르, 몽테스키외, 콩도르세, 버크, 페인, 벤담 등이 찾아나선 것은 인간의 '자유'에 대한 권리와 책임을 찾아내는 정신이었고 그것을 기초로 한 사회구조였다.

그러나 그 자유가 재산 유무와 밀접한 상관관계를 가진다는 전통적 관습과 현실구조 때문에 서구문명은 자연스럽게 부의 축적을 위해 있는 힘과 재능을 경주하게 된다. 이 시대 자유는 아주 고약스러운 사상조차도 정당한 것으로 받아들일 정도로 소유에 의한 자유를 강조했다. 우리가 잘 알고 있는 맬서스의 '인구론'은 대표적이다. "인구는 억제되지 않으면 기하급수로 증가하지만 식량공급은 산술적으로 늘어난다"는 수학공식 같은 간명한 제시다. 그의 주장 중 핵심은 가난한 사람들이 자식을 낳는 것을 장려하는 그 어떤 것도 해서는 안 된다. 그러나 자식을 낳지 않게 하는 것은 어떤 것이든 해야 한다는 주장이다. 하층계급의 수가 많아질수록 더 가난해진다는 논리에서 출발한다. 심지어 아이를 양육할 수단도 없이 아이를 낳는 가난한 사람들은 무책임한 본능행위를 억제하지 않았다는 이유로 처벌받아야 한다고 설파했다.

로크는 인간이 정부를 세운 목적은 그들의 '재산보존'이라고 주장한다. 인간이 자유인으로서 활동하고자 할 때, 재산만이 독립에 필요한 물적 기반을 제공한다고 생각했다. "재산이 없는 사람은 필연적으로 의존적이고 그러므로 자유롭게 투표하리라고 믿을 수 없다. 그들은 파렴치한 정치협잡꾼들이나 선동가들에게 돈이나 음식 혹은 고용하겠다는 약속에 쉽사리 매수된다. 그러므로 가난한 사람들은 재산에 대해 위협적일 뿐만 아니라 자유에 대해서도 위협적이다"라는 사고다. 자유주의사상가들이 인간은 사실상 자기보존 욕망, 포괄적인 자기이익 욕망에 의해 움직인다고 떠들 때, 개인은 자신의 이익을 판단함에 있어 최선의 판단자라는 굳건한 자유주의와 개인주의 신념이 함께하고 있었다.

'보이지 않는 손'을 주장, 자유주의 시장경제 시조쯤으로 받드는 아담 스미스는『국부론』에 "개개인의 자기 이익 추구가 동시에 다른 사람의 이익과 병행 기여할 때만 자유주의 시장경제는 성공할 수 있다. 부, 명예, 승진을 향한 레이스에서 모든 사람은 경쟁자를 물리치기 위해 가능한 한 열심히 달리고 모든 신경과 근육을 긴장시킬 것이다. 그러나 그가 경쟁자 중 누구라도 떠밀거나 넘어뜨리면 구경꾼들의 관대함은 완전히 사라질 것이다. 이익들 사이의 모든 갈등이나 잠재적 갈등이 시장의 자율로만 해결되는 것은 아니다. 사회 내에 불균등하게 분배된 사적 재산의 존재 역시 가난한 사람들의 분노를 사고 국가의 보호 없이는 안전할 수 없다. 정부와 법률은 보호를 위해 존재한다"고 적었다. 그리고 말미에 "법과 정부는 확실히 모든 점에서 부자들의 조합으로 간주할 수 있다"라고 일찌감치 부와 권력의 상관관계를 갈파해놓았다. 그 시대(계몽주의시대) 기록물을 들여다보노라면 정말로 인간의 다원적이고 다양하고 복합적인 사상들에 놀라움을 금치 못하지만 더 놀라운 것은 줄기차게 토해내는 사고의 솔직함이다. 그것을 출판해내는 시대열정이다.

계몽주의 모든 자유주의와 사상의 목적 근저에는 인간 행복과 만족을 찾아내는 길을 찾는 것이었다. 다른 여타 문명에서는 찾아볼 수 없었던 '자유와 행복'이라는 등가의 흐름이 서세동점 기점이 되었다고 하면 틀리다 할 건가 싶다.

서세동점은 근세의 엄혹한 현실이다. 필연적으로 그렇게 될 수밖에 없는 이유들이 있었다. 근대세계를 여는 4대 발명품은 중국인의 것이다. 화약이 없었다면 대포는 허장성세의 무용지물이다. 종이가 없다면 근현대를 여는 지식사회가 열리지 않았다. 나침반이 없다면 철선은 고작 연안을 항해하는 데 그친다. 인쇄술이 없다면 우리는 중세 암흑시대 필경사를 찾아야 하고 대부분 문맹을 당연한 것으로 여겨야 한다.

서구 유럽세력이 새로운 사상과 철선과 대포, 총으로 무장할 때 동아시아는 변하지 않은 유가儒家의 사상과 창과 칼, 활에서 곤혹스러워하고 있었다. 전제군주국가를 유지하는 것에는 백성의 깨우침과 자각은 일정한 한계가 요구되고 총과 화약, 대포는 확산되어서는 위험하다. 인간과 권리에 대한 자각과 지식의 깨우침은 봉건왕조 유지에 적신호다. 오직 유가의 충과 효, 도덕 수양에 필요한 인仁 의義 예禮 악樂만이 치자治者에게 훌륭한 조력자였다. 일찌감치 확립된 중앙집권화된 거대한 봉건왕조 유지에는 권력과 손발을 이룰 '관료조직의 충과 백성의 효'만이 중요했다. 그러한 역사적인 조건이 중국을 자신들이 최초로 만들어낸 세계 4대 발명이라고 지칭하는 것들에서 오직 그뿐, 한걸음도 내딛지 못하고 멈추고 말도록 했을 법하다.

그들의 성의誠意 정심正心 수신제가修身齊家 치국평천하治國平天下의 사유방식이 경험에 의한 기술적 발견에 그치게 하고, 자연과학이라는 사유공간으로 이끌어 창조로 가는 길을 외면하게 만들었다. 자연이라는 무궁무진한 진리와 과학세계를 놓쳐버리게 했다. 유불선儒佛仙의 가르침은 사람과 자연 관계가 하나로 융화되어지는 방식이지 자연을 대상화하여 지배하고 사용하는 방식이 아닌 때문이다. 그러한 것들이 활에서 총으로 대포로 철선으로 가는 것을 막았던 것은 아닐까. 거대한 제국으로 완전해진 구조가 그 구조 속 계층들에게 통치와 지배의 보전과 필요성에 맞추어 멈추도록 했지 않았을까. 중국 4대 발명품이라고 지칭하는 것이 서구문명이 목적으로 찾아낸 인간의 자유를 가지도록 하는 수단(재산을 소유하고 불려가도록 하는)의 유일무이하고 충실한 도구였다는 점은 참으로 아이로니컬한 역설이다.

지배자에게 가장 중요한 것은 지배에 대한 당연성을 확신시켜줄 수 있는 사상적 체계다. 유가의 변하지 않은 오랜 생명력이 의미하는 것은, 유가야말로 이천 년을 가로지른 전제군주제가 유지될 수 있는 사상적 기반이 되어주었다는 말과 같다.

그리스인의 자유가 비록 한계를 가진(재산의 소유에 의한) 차별화된 자유였지만, 그들은 자유가 최고의 가치라고 생각했다. 페리클레스의 "행복은 자유다"라는 말은 인간 중심의, 인간이 목적임을 언명하고 있다. 만약에 동아시아인들에게 서구문명 불똥이 옮겨 붙지 않았다면 과연 개인과 자유와 민주, 그리고 "인간의 행복은 자유다"라고 누가 찾아내었을 것인지 궁금하다. 이를테면 토론은 없고 대통령 말을 받아 적고 있는 각료들 모습을 보고 있노라면 유가 전형적인 외재율의 도덕과 규범화를 영락없이 떠올린다. 나는 도덕은 차라리 내재율의 자각이어야 한다고 생각하는 때문이다.

황제皇帝

세상에 인간을 향한 존칭 중에 '황제'라는 부름보다 더 높아보이는 존엄과 권위를 상징하고 명실상부한 권력을 가진 칭호는 있을 것 같지 않다. 내가 알기로는 진시황이 처음 사용한 것으로 안다. 혹 천자天子라는 칭호가 더 높은 것이 아닐까 혼자 궁리해보기도 한다. 하늘을 빌린 글자가 그렇고 하늘의 뜻을 받든 사람이라니 어쩌면 그럴 것 같기도 하다.

천자와 황제의 머리 글자를 따 조어造語한 '천황'이라는 칭호는 역시 일본인의 섬세한 곳까지 천착하는 성질이 언어에까지 미치는 것을 보여주는 것 같아 감탄 반, 웃음반의 미묘한 기분도 든다. 메이지유신과 군국주의가 급조한 천황일게니 살아 있는 현인신이니 하는 것들은 그것을 받아들여야 하는 일본인들이라면 모를까 막부세력의 보호(?)에 의존해온 궁색하기 짝이 없는 신세였을 뿐이다. 황제란 누가 뭐래도 무한의 권력과 천하의 부富를 떠오르게 한다. 그

한 사람의 향배가 한 민족과 국가의 흥망, 평화로운 삶과 고난을 결정하는 것이니 그야말로 운명의 주재자인 셈이다. 진시황이 그렇고 네로가 그렇다.

황제는 무력과 혈통에 의해서 탄생한다. 혈통이 아니면 본인이 무력을 바탕으로 스스로 제위에 오르거나 무력에 의한 강제를 통해 추대라는 요식행위에 의존했다. 공화제가 무너진 후 로마 황제는 혈통보다 무력을 가진 자가 오를 수 있는 자리였고 한때의 백일몽의 자리로 바뀌었다. 황제는 곧 전쟁에서 죽거나 암살당해야 하는 운명의 자리로 변했다. 한반도에서 황제는 대한제국의 고종과 그의 뒤를 이은 마지막 황제 순종이 있다. 비록 남가일몽 처지의 깃발이지만 그들은 한반도가 중국의 예속도 일본의 것도 아닌 한반도인의 것임을 천명한 조선 최초의 군주들이었다. 힘이 뒷받침하지 못하는 깃발을 들었을 망정 그들은 나의 황제로 남았다.

그런데 혈통도 무력도 없고 본인이 원하지도 않았고 생각조차 없는데도 황제로 등극시킨 희귀한 경우도 있다. '조제비'라는 애칭으로 일컫는 바둑황제 조훈현이다. 누구도 시비하지 않고 자격 운운 따위의 거부 몸짓 하나 없는 희한한 경우다. 전통적인 혈통도 쿠데타를 일으킬 무력도 권력과 부가 없어도 그를 '황제'라고 칭했다. 누구나 인정했고 자랑스러워했다. 마치 자신이라도 되는 것처럼….

그가 이기면 자신이 이긴 것처럼 환호했고 패하면 자신이 패한 것처럼 안타까워했다. 자신이 황제라고 추앙받는 것을 알든지 모르든지 우리는 그를 바둑황제라고 칭했다. 부와 권력 어느 것 하나 없어도 즐거이 황제라고 칭하고 기뻐했다.

헌데 어떤 정치꾼들이 그에게 비례대표제 국회의원직을 권유했고 그가 바둑계 인사들의 생각을 들어보고 결정하겠노라는 신문 지면을 읽고 나는 탄식했다. 감히 황제, 무욕의 권위로 수놓인 무엇에도 비교해서는 안 되는 추대받은 황제에게 무엄하게 그곳에서 추락을 권유하다니…. 무지한 자의 무도한 짓으로 일갈하는 통쾌 무비한 호통을 기대한 나는 나중 무엇을 보게 될까.

까마득한 삼황오제 전설시대에 일어난 사태를 기원전 300년의 장자는 「소요유」에 이렇게 흘려놓았다. "요堯 임금이 기산을 방문했다. 허유許由(요의 스승)를 만나 임금의 자리를 양위하려 했다. 그러자 유가 사양하며 말하길 '뱁새인 나는 그저 기산의 나무 가운데 한 가지면 되지 천 가지 만 가지가 필요하지 않다. 두더지 역시 마찬가지로 한 모금의 물이면 되지 하수河水가 다 필요한 것은 아니다'라며 양위를 거절했다." 장자를 뒤쫓으며 자신의 정신세계를 소요한 고 형렬 시인은 이렇게 덧붙여놓았다. "천하의 주인인 허유를 요가 천하정치의 일꾼으로 고용하려들다니 웃을 일이 아닌가."

후기 : 조훈현은 비례대표 국회의원직을 선택했다. 그의 일본인 스승 세고에는 그가 병역 때문에 귀국하게 되자 일본과 한국의 각계 요로를 동원해 당시 권력을 쥔 박정희 대통령에게 그의 천재성

을 발휘할 수 있도록 도와줄 것을 청원했다. 청원이 이루어지지 않자 낙심, 일본 바둑계에 조훈현을 꼭 다시 데려와 바둑을 완성할 수 있도록 해달라는 유언장을 남기고 자살로 생을 마감했다. 고바야시 9단은 조훈현이 보고 싶으면 언제든 술 한 병 꿰차고 낭인처럼 한국으로 날아왔다. 그는 일본을 대표하는 기전, 명인전의 명인이었고 일 년에 명인 결승 7국 중 네 번만 이기면 된다고 큰소리치는 술을 좋아한 호한이기도 했다. 그들에게 바둑은 승패이기보다 생의 승부였을 것이다. 오고가는 생의 나그네 한 삶의 직관이고 관조다. 스스로 빛을 내며 달을 가르는 은빛 한 칼질이다. 세고에는 평생 단 세 명의 제자만 길러냈다. 첫 제자가 일본인 하시모도. 둘째가 중국인 오청원. 셋째이자 막내가 한국인 조훈현이다.

동행

도시개발에는 길이 먼저 생긴다. 시멘트와 아스팔트를 두껍게 덧씌우고 쌓는 일이다. 개발이 떠안은 피할 수 없는 사태다. 팔월의 뙤약볕에 아스팔트가 이글거린다. 서울이라는 대도시 변두리 이제 막 개발 중인 새로 난 대로변 인도다. 4센티미터쯤의 검은 개미 한 마리가 무인지경의 시멘트 길을 막무가내로 가는 중이다. 설마 이 염천에 정찰을 나서야 할 중대한 사태가 벌어졌을 것 같지는 않다. 아무리 둘러보아도 그의 천적이라 할 만한 생명체는 보이지 않는다. 이제 막 새로 생겨난 시멘트 길에 서로의 존재를 걸어야 할 적이 있을 것 같지는 않았다. 그렇다고 동행하는 동료가 보이는 것도 아니다. 어디에도 개미 비슷한 생명체는 없다. 4센티미터쯤의 개미는 달궈진 시멘트 길을 한사코 기어가는 것을 포기하지 않았다. 필사적인 것만 같았다. 달궈진 보도에는 개미와 나와 저만치 앞선 한 사람이 걷고 있을 뿐이다.

걷는다는 것은 다리만이 수고하는 것은 아니다. 다리보다 머리와 목, 허리의 유연한 움직임과 엉덩이, 그러니까 전혀 상관없을 것 같은 몸의 리듬이 호응해주어야 자연스러운 속력이 붙는다. 유연성은 지구력과 속도에 영향을 미친다.

앞서 걷고 있던 그 사람을 몇 걸음 뒤까지 따라잡았다. 이제 보니 왼쪽 발이 부자연스럽다. 몸이 불편해 걸음이 느린 내게 따라잡힌 모양이다. 머리는 바람과 먼지에 헝클어졌고 드러난 목은 햇볕에 그을려 흑자색이다. 어깨에는 낡고 색이 바랜 검은 가방을 멨다. 긴팔의 체크무늬 잠바를 입었다. 오후 4시에서 5시 사이 주변 건설현장에서 퇴근하는 사람들 모습이다. 대부분 버스를 타고 간다.

그를 앞서 지나쳐야 한다. 마냥 뒤따라 걷는 것도 이상하게 보이는 것이다. 앞서려면 빠른 걸음을 걸어야 한다. 그것은 가급적 자연스러워 보이도록, 꼿꼿해지도록, 빨라지도록 의식적으로 작심하는 일이다. 그를 앞서기 위해서는 장애를 가진 몸으로 건설현장 노동을 끝내고 걸어가는 지친 심신을 모른 척해야 한다. 추월하며 얼굴을 쳐다보아서는 안 되는 행위다. 가급적 의식하지 않도록 길을 함께 가지 않은 것처럼, 나 혼자 걷는 것처럼 지나쳐야 한다. 이 사실에 대해 추호도 이상하게 생각하거나 불편하게 생각해서는 안 된다. 그것이 현대를 동행하는 내가 지녀야 하는 최소한의 윤리도덕이다.

시간의 흔적

남해안 득량만을 향해 새재들을 가로질러 흐르는 번강 강둑에서 동쪽을 건너다보면 산자락에 묻혀 잘 보이지 않는 마을 하나가 있다. 다만 양 날개를 펴듯 좌우로 내려뻗은 산자락 사이의 봉긋이 밀고나온 언덕에 2층의 하얀 마을회관 건물이 어쩌면 실한 마을 하나 있겠다 싶게 모습을 드러내었다. 마을회관을 품은 뒷산은 시오 리 너머 해안을 내려다보고 있다. 야산치고는 꽤 가파르고 높게 솟았다. 혼자서 미련하게 힘자랑이라도 하는 듯하다.

마을은 서향으로 내려앉은 산그늘에 자리잡았다. 마을회관을 중심으로 좌우 양쪽으로 길게 내려뻗은 능선에 안겨 있다. 마을 앞은 비스듬한 경사지를 따라 계단식 논이 형편 따라 굽어지고 늘어지며 신작로까지 닿았다. 강둑에서 마주보는 산은 비 오는 날 보기 좋았다. 물안개에 젖으면 산은 두툼하게 가라앉았다. 내가 마을 사람 급한 성질들이 산을 닮은 것은 아닐까 궁리하게 하는 산 능선이 차분해지며 너그럽게 변했다.

몸 치수가 동네에서 가장 작은 서남아짐이 아흔 나이로 운명하셨다. 마을로 들어서는 산쟁이 고개를 장의차에 실려 들어서고 계신다. 불면 날아가버릴 것 같은 작은 몸으로 오르락내리락 새벽부터 밤이 이슥하도록 발싸심했던 마을로 돌아오신다. 아들 다섯에 딸 하나를 두었다. 장남은 신혼 꿈이 사그러지기도 전에 핏덩이 하나를 두고 사고로 얻은 병의 후유증으로 유명을 달리했다. 셋째는 피지도 못한 열한 살 어린 나이로 가슴에 묻고, 막내는 꽃다지 같은 신혼 초에 건설현장 사고로 잃었다. 다섯 자 남짓 작은 몸으로 감당하기에는 모지락스런 삶이다.

그나마 실하게 장남 노릇하던 둘째아들마저 연전에 암으로 앞세우고, 남은 아들 하나가 넷째였다. 당신은 여든 후반에 치매로 세상을 잊었고 자신도 잃어버린 삶이었다. 이제 당신 남편과 큰아들이 함께 잠들고 있는 서녕굴 산자락에 몸을 뉘어 쉬러 오신 것이다. 종종거리고 오르내리던 골목은 이미 발자취마저 끊긴 지 오래고 집은 허물어져 빈터만 휑뎅그렁하다. 서른너덧 남짓 마을 노인들이 탄식 속에 맞아들이고 계신다. 아마 '나는 누가 맞고 보내줄런가' 하는 심사일지도 모른다.

조문객이라야 하나 남은 넷째 친구들, 망인 살아생전 젊은 날, 무시로 드나들었던 꼬맹이 코흘리개들이 이제는 머리 희어 반이나마 삭은 모습으로 쪼그라진 마을만치 기운 빠진 모양이지만 애써 힘을 추스르고 있다. 핏덩이였던 맏손주가 실하게 장성해 망인을 보내고 있다. 씩씩했던 이들 태반이 이미 마을 뒷산자락 곳곳에 옹기종기 묻히셨다. 이제 서남아짐은 마냥 엇비슷한 상처와 웃음으로 위로하고 의지했던 분들께로 간다. 희망과 설움, 고난을 받쳐주었던 대지로 돌아간다. 문득 배시시 웃으실 것이다.

마흔서너 해 전 저물어가는 강둑에서 건너다보면 하얗게 도드라져 보이는 마을회관 2층은, 저녁을 먹고 공부하러 나온 아이들이 책상에 앉아 꼼지락거렸을 것이다. 새마을 청소년회장 주성이가 창가에 앉아 자 반 길이 박달나무 정신봉을 늘어뜨린 채 며칠 전에 새로 나온 새마을 잡지를 보고, 아이들은 하나같이 반쯤은 억울한 표정이고 반쯤은 진지한 표정이었음이 분명하다. 마을회관 앞뜰 팽나무 품 너른 자락 아래 마을의 온갖 대소사는 저울 눈금에 올려져 떠다녔다.

군郡 내 새마을 청소년부회장이던 종근이가 오토바이 사고로 유명을 달리한 것도 그 즈음이다. 그해 여름 끝자락에 군청에서 열릴 예정이던 새마을 청소년 모임 참석차 초저녁 어스름이 묻어오는 신작로를 오토바이를 몰고 가다 산굽을 휘도는 곳에 세워진 경운기를 피하지 못했다.

그는 고향 마을 대항 8·15기념 체육대회 씨름경기에서 개인전과 단체전을 우승할 정도로 든든했다. 그리 크지도 않은 체구에서 믿기지 않을 만큼 단단했다. 온 동네와 읍내 큰일 작은일 할 것 없이 일이란 일은 제 한몸으로 감당하고 그냥 웃기만 하던 청년이다.

말없이 근면하고 고지식하게 농사일만 알던 청년 석주가 서른 초반 나이로 세상을 뜬 것은 종근이가 유명을 달리한 다음해다. 마을에서 제일 먼저 비닐하우스를 시작해 겨울철에 토마토와 오이를 재배하여 농가소득을 주도하던 그다. 어느 날인가 그가 일하던 비닐하우스를 찾았더니 농약을 치고 있었다. 그가 담배를 권하며 뜬금없는 소리를 해 웃게 만들었다. "형 나는 병도 안 걸릴 거야. 맨날 살충제를 곁에 두고 사니…" 하고 웃던 모습이 왜 그렇게 조마조마 했던가. 그런 그가 담배와 비닐하우스며 농사일에 치여 폐암에 걸렸고 남긴 것은 그날의 웃는 모습이다. 폐암은 바보 중의 바보다. 다 망가져야 아프다고 운다.

오매불망 정성으로 키웠던 자식들은 모두 제 한몸 건사하느라 바쁜 세상이 되었다. 자나 깨나 건강하고 보란 듯이 성공해서 잘 사는 모습을 보기를 원하셨던 그분들은 성공한 자식 따라 도시로 가시기도 하고, 한몸 추스르는 것이 장하신 형편이 되어 고향 본가를 지키고 계신다. 성공한 자식 따라 떠나셨던 분들은 오늘 서남아짐처럼 희망과 설움을 받쳐주었던 이곳으로 한 분 두 분 돌아오신다.

마을은 반절에도 한참 못미치게 쪼그라들어 겨우 서른 남짓 남았다. 실한 농사꾼은 턱도 없는, 남자 두셋이 팔십 호가 넘었던 마을의 전답을 거두고 있다. 남은 집집마다 할머니들만 남았다. 되돌아 생각하면 내 어려서 듣던 노래, 그분들이 여린 음성으로 부르시던 노래는 온몸을 다한 염려였다. 언제였을까. 우리가 그분들 노래를 잊어버린 것이. 그분들의 노래에서 멀리 떠나온 것이….

앞논과 뒷들을 옹골차고 매조지게 닦달하던 장정들은 어디로 간 것일까. 산자락 골짜기마다 울리던 나무꾼의 노래는 어디에서 메아리치고 있을까. 나물 캐던 작은 처녀들 아지랑이 같은 꿈과 웃음소리는, 앞개울에서 멱감던 천방지축 코흘리개들은 누구였을까. 마을이 비좁게 느껴지도록 활개짓하던 사람들, 오늘 같은 날 꽃상여와 상여꾼 소리에 설움조차 낭창해지던 작별이 언제였는가. 그들이 동여매놓은 꿈의 기억이 시간의 흔적 속에 떠다니고 있다.

우울하게 하는 것들

어쩌다 『이조실록』을 읽는다. 누군가와 이런저런 이야기 끝에 책 이야기, 읽고 있는 책 이야기가 나온 적이 있다. 내게 지금껏 읽은 책들 중에 가장 감명 깊었던 책이 무엇이냐고 물었다. 나는 그와 같은 생각을 한번도 해본 적이 없다. 그런 처지에 순간의 망설임도 없이 마치 수없이 생각해온 사람처럼 바로 대답이 튀어나왔다. "이조실록입니다." 감명 때문이기보다는 충격 때문이라고 마치 사전에 준비되어 그렇게 하자고 말을 맞춘 것처럼 튀어나왔다. 말하는 나조차 조금 황당했다. 한번도 그런 생각을 해본 적이 없기 때문이다.

'실록'을 읽으며 어느 날, '탁하고 치니 억하고 죽었다'는 말이 순전한 거짓이었을 것이라고, 뒤늦은 짐작이 왔노라고 하면 무슨 뚱딴지같은 소리냐고 할지도 모르겠다. 고문이라는 것, 자백을 받아내거나 범죄를 수사하기 위해 피의자를 조사할 때의 고문을 우리는 일제 치하의 유물, 잔존된 악습이라고 배우고 읽었다. 그래 가끔 언론에 드러났던 공안경찰의 고문과 고문치사가 우리 심성이나 역사와는 상관없는 문명사에 유독 잔혹했던 일제 잔재로 인식하게 되었는지도 모른다. 그것은 완전한 착각이고 틀렸다. 『실록』을 읽어가다 많이 쓰인 단어 중 하나가 자백을 받아내기 위한 고문이라는 단어임을 무망중에 알게 되었을 때, 고문이 실은 우리 역사와 관습에 뿌리 깊은 것임을 깨닫고 흠칫했다. 고문과 자백이 범죄행위 사실 규명에 있을 것이란 생각은 호사스럽다. 자백은 동헌에 앉은 판관이 원하는 답안이 아니면 통하지 못한다. 특히나 정치와 권력의 향배가 결부되었을 때는 벗어날 방법은 없다. 만신창이가 된 다음에도 목숨을 부지하는 것은 팔자에 불과하다.

인류문명은 동서양을 막론하고 같은 속도로 시대와 그 시대인의 삶을 한 보폭에 실어왔고 싣고 간다. 고문은 자신들 문명과 권력구조 모습과 함께 진화했다. 동양문명에 비해 서구 쪽은 훨씬 정교하고 주도면밀했다. 미셸 푸코의 『감시와 처벌』(감옥의 탄생)은 푸코 철학을 이해하는 좋은 안내서이기도 하지만 그들 문명 진보에 묶인 죄와 벌, 감옥의 변천에 관한 깊은 성찰을 담은 인간 심층과 역사해석이기도 하다.

『실록』에 가장 많이 등장하는 단어는 단연코 삼사(홍문관, 사간원, 사헌부)의 왕에 대한 상소문 즉 '제의'라는 단어다. 그리고 제일 흔하게 그려지는 장면은 제례 행사다. 상소문과 제례 행사 자체가 곧 정치행위였고 유가의 도덕이상주의에 대한 끝없는 상기였으며 훈련이자 실천의 장이다. 삼사의 기능은 임금의 눈과 귀 역할이다. 세상 모든 일들에 대해, 먼 변방 구석에서 일어난 촌부나 종들의 다툼이나 작은 효행에 관한 사실들까지 임금에게 알리고 죄와 상을 주청했다. 그러니 미관말직이나마 관료들에 관해서야 말할 나위가 없다.

『실록』을 읽으며 좋은 임금이 된다는 것은 삼사의 간관이나 삼정과 육조의 신료들이 올리는 제의에 얼마나 중심을 확실하게 견지할 수 있는가에 달렸을 것이라는 생각이 들 때가 있었다.

『이조실록』 세종14년 임자년 1월 신유일 기록이다. 사헌부에서 제의하기를 "서운관에서 설날에 일식이 있겠다고 하였으나 일식이 없는 것은 관측이 정확지 못하였기 때문입니다. 죄를 주기 바랍니다"라고 하였다. 임금이 말하기를 "일식이 든 도수가 매우 작은데다가 구름이 꽉 끼어서 보이지 않았을 수가 있다. 각도에 공문을 띄어 알아볼 것이다. 그리고 중국에서도 역시 정월 초하룻날에 일식이 있을 것이라고 하였다니 이것은 관측을 잘못한 죄로 볼 수 없다. 각도에서 회답 보고가 올라오고 명나라에 갔던 사신이 돌아온 다음에 다시 의논할 것이다"라고 하였다. 이와 같이 비슷한 기록들이 어느 임금 대보다 세종 편에 유난하게 많다.

삼사의 제의가 현미경처럼 세세한데다 망원경처럼 먼 곳까지 보는 탓에 때로는 제의를 위해 제의를 올리는 것이 아닌가 하는 부정적인 생각조차 들게 하지만, 며칠 전 아침 신문(한국일보) 칼럼은 삼사의 시시콜콜 별 잡스런 제의가 더할 수 없이 중요한 역할을 했을지도 모른다는 생각에 빠지게 했다. 아무래도 '삼성 이재용의 재판'을 납득키 어려워 판결문을 읽기 위해 독감 걸린 입맛을 억지로 밥 한 공기를 밀어넣듯 해치워야 했다는 칼럼을 읽으며 떠오른 생각이다.

나는 그 문구를 읽으며 그냥 아무 뜻도 소리도 없이 웃었다. 다만 어쩌다 읽고 있는 『이조실록』이 떠올랐을 뿐이다. 이재용과 삼성의 1심 판결을 두고 만약에 조선시대였다면 삼사의 간관들이 무엇이라고 제의(상소)를 올렸을까 하는 생각을 했을 뿐이다. 설마 언론이 행간에 슬쩍 끼워놓았듯 '재판이 아니고 개판'이라고 한 육두문자는 올리지 않았을 것만은 분명하다. 비몽사몽의 영혼을 추스르기 위해 독감에 걸려 잃어버린 입맛으로 밥 한 공기를 억지로 밀어넣듯 먹고 힘을 내야 했다고 쓰지 않았을 것이다. 두 눈을 부릅뜨고 토씨 하나하나를 이해하기 위해 지금까지 배운 모든 지식과 지혜를 총동원하는 분투를 해야 했다고 쓰지도 않았을 것이다.

신臣은 원래 못나고 변변히 배운 것도 없는 사람으로서 학문에 뜻을 둔 후로 충성과 효성을 다하려고 마음먹고 있사옵니다. 당요우순과 가지런한 하은주 3대를 뛰어넘는 밝은 임금과 어진 신하가 서로 만나 태평성대를 이루고 있습니다. 신은 용렬하나 전하의 사랑을 받으면서 벼슬을 지내고 있사옵니다. 늘 마음속으로 분수에 맞지 않은 것이라 근심만 해왔습니다. 하오나 가진 직책이 간관인 주제이므로 금번 '삼성 이재용의 판결'에 대해 그대로 지나칠 수 없어 전하의 심기를 무릅쓰고 제의 올리나이다.

판관은 무엇보다도 생각이 바르고 법을 세운 취지를 잘 이해해야 할 것이옵니다. 옛사람이 이르기를 '법을 세우기는 어렵지 않으나 법을 시행하는 것은 어렵고도 어렵다. 법을 세우는 목적은 만대를 내려가는 원칙을 세우는 것에 있다'고 했습니다. 신의 생각으로 죄와 벌에 대한 주체는 죄를 지은 사람과 법을 집행하는 판관이겠지만 그 이면은 실은 백성이 주체일 수도 있사옵니다. 사소한 범법행위에도 처벌받아야 하고 처벌받을 수 있다는 것은 당자에게만 효력이 미치는 것은 아닌 탓입니다. 실은 그것을 지켜본 백성에게 하나의 전범으로 인식시켜 풍속의 타락을 일깨워주는 효과에 있기 때문입니다. 금번 판관인 모 법관의 판결문을 요약하자면 이렇사옵니다.

다른 모든 것은 근거 없다. '이재용으로의 경영권 승계작업' 자체는 존재하지 않았다. 청와대 민정수석실에서 만든 승계 관련 문서는 단지 '추론에 의한 근거 의견서'일 뿐이다. 국정농단 재판에 정황증거로 인정된 안종범 수석의 업무수첩은 증거능력으로 인정되지 않는다. 피고인 측의 명시적 묵시적 청탁도 없었다. 박근혜 전 대통령이 승계작업을 인식했다고 볼 수 없다. 36억 원을 뇌물로 인정할 수 있다. 그러나 그 대가는 명확하게 밝힐 것이 없다. 박근혜의 강

압에 뇌물을 준 피해자라고 볼 수 있다. 판관 왈 "법리는 양보할 수 없는 명확한 영역이었고 고민할 사안이 아니었다. 어느 기업인이 대통령 요구를 거절할 수 있겠느냐"고 판결문을 밝혀 놓았습니다.

전하, 소신이 염려하는 바는 다름이 아니옵니다. '최순실 국정농단 사건'에 동질의 뇌물죄를 지은 김영채 원장의 부인 박채윤의 경우는 5,900만 원의 뇌물로 1년의 실형을 언도받았습니다. 또한 문형표 전 장관은 삼성물산과 제일모직 합병을 찬성하도록 한 직권남용죄로 2심에서 징역형을 선고받았사옵니다.

신이 보건대 금번 삼성의 판결은 특권적인 취급을 받아 법의 테두리 바깥에서 결정되었노라고 백성들이 의념하기에 마땅합니다. 글자 한 획, 한 치의 다름도 없는 똑같은 죄를 두고 일반 백성은 징역형을, 부자에게는 무죄를 주는 것은 누구라도 분명 이상하고 윤리도덕에 어긋나다 생각할 것입니다. 그것도 어디 한데 부자가 범한 죄야말로 비교가 되지 않을 금액의 뇌물이옵니다.

소신이 두려운 것은 금번의 형평을 잃은 판결이 묵인됨으로 인해 관행으로 묶이는 것입니다. 정상참작이라거나 정치 경제 사회적 고려에 의한 면책이 후생들로 하여금 특권적 선택들에 반복을 불러와 도덕질서에 영향을 미칠 것을 염려하는 것입니다. 여러 가지 고려해 주어야 할 특별성은 오히려 가난한 백성의 생활형의 범법을 헤아리는 것이야말로 전하의 성심을 돈독히 밝히는 것이라 사료됩니다. 신분이 높거나 부자들의 범법행위는 일반 백성들의 범법행위에 비할 수 없습니다. 그 파급은 나라의 기틀을 뒤흔들고 백성들로 하여금 정신적인 압사에 버금할 정도의 소외감을 불러일으키는 것이옵니다. 역사를 돌아보더라도 이러한 민심의 이반은 우리 태조 임금의 왕조 창건을 불러오게 만든 만큼 두려운 것입니다.

죄에 맞게 형벌을 적용하면 못된 짓을 하는 자들이 두려운 줄을 알지만, 중한 죄에다가 가벼운 형벌을 적용하게 되면 나쁜 짓을 하는 자들이 별로 큰 두려움 없이 서로 나쁜 본을 받아서 법을 위반하게 되고 경시하는 일이 꼬리를 물고 나올 것은 자명한 일일 것이옵니다. 금번 판관은 너무나 지혜롭지 못할 뿐만 아니라 어질지도 밝지도 못하오니 그대로 두어서는 안 될 것이옵니다. 엄히 추궁하여 삭탈관직하고 장형 100대에 3,000리 유형에 처하시고 다시는 등용하지 말 것을 제의하는 바이옵니다. 만대를 이어갈 종묘사직을 위하여 감히 제의를 올리옵니다. 더불어 전하의 심기를 어지럽힌 책임을 물어 소신의 벼슬도 떼어주시기를 간절히 주청하옵니다. 감히 불충을 엎드려 고하옵니다. 통촉하소서!

서른 즈음에

목에낭골 할아버지의 할아버지, 할아버지와 할머니들 묏등. 봉긋하고 둥그스럼한 묏등에 비스듬히 기대고 누워 하늘을 보다 까닭모를 눈물이 나왔던 때부터 꿈은 시작되었다. 열대여섯 살의 고민도 함께였을 것이다.

쟁골이든 자자골이든 아니 북박굴이나 물메낭골이든 상관없겠다. 바르거나 외튼 소나무, 든든한 참나무를 군데군데 산비탈에 세워두고 비스듬한 산자락을 따라 목초지를 만들어 봄부터 가을 끝자락까지 누런 황소를 놔먹이자. 골짜기 개울을 따라 삼나무 밤나무를 심겠다. 뽕나무도 심고 살구랑 보리밥나무도 심자, 이미 마을과는 한참 떨어진 산골이니 해 저물면 인적 없으리. 가을 끝나 겨울이 깊어지면 인적 더욱 끊어지고, 재종당숙 한 분 우연인 듯 찾아와 들여다보실 것이다. 아! 작은 초가 사립 옆에 벽오동을 심어야 한다. 벽오동은 크고 커서, 내 아이 시집갈 때 쓰일 것이니 흙 좋은 자리

골라 심어야 한다.

산골이니 아침 해는 늦장 지고, 해 그늘은 늑장에 쫓겨 서둘러 저물 것이니 나는 부지런해야 한다. 누렁개 한 녀석은 나를 따라 골짜기를 오르내릴 것이다. 초가 앞 작은 밭자락에는 보리와 밀을 북풍바람에도 기세 좋게 키우자. 겨울 까마귀 녀석들이 넘보면 누렁이와 검둥이가 왈왈거리며 쫓아댈 것이다. 양지녘, 엉덩이 허벅지에 똥을 바르고 옹기종기 모인 황소들의 게으른 되새김에 겨울은 깊어간다.

이윽고 봄은 오고 여기저기 새싹은 보드랍다. 한 아이는 등에 업고 한 녀석은 졸랑거리고 아내는 밭둑에서 나물을 캘 것이다. 머리에 쓴 흰 수건에 나는 까닭 없이 울컥하고 미안하다. 그래도 나는 말하지는 않겠다. 나물 뜯으러 올라오신 마을 아짐들은 걱정 반, 딱한 마음 반, 미움 반으로 나무랄 것이다.

"어이구 참 딱하다, 딱해. 뭐 먹고 살며 뭐해서 애들은 키우고 가르칠 것이며, 부모 호강은 못 시킬 망정 걱정은…."

그래, 때로 나는 걱정스럽기도 하고 한심하기도 할 것이다. 아내는 초저녁 호롱불이나 외양간 지붕에 내려앉은 달빛에 슬그머니 묻기도 할 것이다. 봄 햇살에 자줏빛이 된 아이의 볼을 만지며 "우리 이래도 괜찮을까?" 그럴 것이다. 나는 그런 아내에게 또 미안해질 것이다.

그런 날에는 개울가의 갯버들 가지를 꺾어 나무 속심을 뽑아내고 푸른 겉껍질로 버들피리를 만들어 아이에게 주겠다. 아이는 마당가 노란 병아리를 뒤따라 다니며 뚜뚜 버들피리를 불 것이다. 검둥이는 마치 작은북 치는 소년이라도 되는 양 뒤쫓을 것이다. 아내가 웃으면 나는 좋다. 산기슭 초지에 봄이 내려앉고 이윽고 푸르고 푸르게 자라서 여름이 온다.

아이가 조금 크면 집 앞 논배미 옆 작은 둠벙에서 개구리헤엄을 가르쳐주자, 달이 둥근 밤에는 밤낚시도 함께하자. 둠벙에 사는 피라미 버들치라도 건져올리면 아이는 좋아할 것이다. 나는 은근히 매운탕도 바라자. 아내는 저녁에 먹은 수제비를 남겼다가 야참으로 내올 것이니 아이와 나는 맛있게 먹어야 한다.

아내는 며칠 후 다가올 친정나들이를 설렘 반 걱정 반으로 기다릴 것이다. 여름방학에 있는 할머니 기일은 친정가족 모임이다. 형제자매는 서울과 익산에 산다. 까맣게 탄 얼굴과 거칠어진 손, 허름한 입성에 아내는 속앓이를 할 것이다. 나도 은근히 걱정이지만 꿋꿋한 채 할 것이다. 숫기 없는 내가 안쓰러워 그는 다정한 마음이 되어줄 것이다. 멀고도 먼 파란 하늘 구름 틈새로 반달이 힐긋거리면 아이에게 노래를 가르치자.

낮에 나온 반달은 하얀 반달은
해님이 쓰다버린 쪽박인가요.
꼬부랑 할머니가 물 길러갈 때

치마끈에 달랑달랑 채워줬으면…

어쩌면 아내는 산골 사는 신세가 가여울 것이다. 나는 무참해서 초가 모퉁이 토방에 앉아 궁리할 것이다. 겨울에는 아내에게 외로운 것, 고마운 것, 슬픈 것, 안타까운 것, 사랑, 원망들로 글을 쓰게 하자. 순정한 사람이니 좋은 글을 쓸 것이다. 심성 고운 마음이 하는 원망이니 원망조차 다정할 것이다. 장작불이 흔들리는 난로 앞에서 아내가 아이에게 도란거리듯 글을 쓰면 나는 가만히 보고 있겠다.

밤나무가 커서 알밤이 빠지면 한 됫박씩 지인들에게도 나누어주고 먼 데서 찾아온 이쁜 사람에게 밤새워 구워주기로 하자. 아이들에게도 구워주겠다. 그리고 아내가 쓴 맑고 고요해서 서럽기도 할 글을 읽으며 나는 힘을 낼 것이다.

해 저문 석양길에, 지는 해넘이를 물끄러미 바라보고 싶다. 먼 산마루 붉게 감싸고 넘어가는 붉은 무리를 보고, 그래 저 타오르는 붉은 마음으로 살자. 그렇게 살자 그리 살자. 나는 다짐도 할 것이다.

네 권의 책

하나의 문학작품은 무엇을 말하든 절정과 순수한 열정을 담은 정신이다. 내 삶에는 특별하게 기억되는 네 권의 책이 있다. 이광수의 『흙』과 헤르만 헤세 『지와 사랑』, 이상의 『날개』와 가와바타 야스나리 『설국』이다. 생의 여정에서 소년기는 이슬처럼 맑다. 그러니 소년기에 책을 읽는 것은 어느 시기보다 맑은 정신이 열정어린 정신을 만나는 일이다. 그 탓에 선명하고 강렬할 수 있다.

내가 최초로 읽은 소설은 이광수의 『흙』이다. 기억이 맞다면 중학교 1학년 여름방학이다. 어떻게 내 손에 오게 되었는지는 기억에 없다. 아마도 책을 좋아하던 큰누님이 읽던 책이든지 이웃 종손어른댁 문학소녀 금자 누나가 보던 책이었을 것이다. 두 번째는 중학교 2학년 가을 학교 도서관에서 읽은 헤르만 헤세 『지와 사랑』이다. 부제가 '도르트문트와 나르치스'였다. 세 번째는 그해 겨울방학 외숙의 서재에서 읽은 이상의 『날개』다. 마지막으로 고등학교 2학년

겨울 자취방에서 읽은 가와바타 야스나리 『설국』이다.

중간중간 다른 소설을 읽기도 했을 것이지만 이 네 권의 소설 이외에는 크게 기억나는 책이 없다. 말하자면 내 삶이라든가 영혼에 음영을 남기지 않았다는 의미다. 언제부터인가 이 네 편의 소설이 알게 모르게 내 삶의 순간순간들에서 어떤 영향을 끼친 것은 아니었을까 하는 생각에 빠지기도 했다. 『흙』을 읽고 허숭에게서 민족의식과 민족에 대한 지식인의 의무와 도덕성에 눈을 떴고 그 감정들이 나도 모르게 근원적인 인식과 가치 기준을 이룬 것은 아니었을까 하는, 내가 자랐던 시대 정서들과 밥상머리 훈육과 고향마을 산쟁이고개 붉은 황토가 이광수의 『흙』과 어우러져 강렬한 감정으로 자리 잡지 않았을까 의구심이 드는 때다.

『지와 사랑』을 읽고 나르치스와 같은 삶을 살고 싶다는 생각을 했다. 어떤 무엇이 나를 부드럽게 어루만져주고 있다는 느낌 속에 책을 읽었다. 안개 속을 헤매는 것 같다는 생각과 나르치스가 찾고 있던 것이 오리무중이었지만 일생을 걸어볼 만하다는 매혹에 빠졌다. 나르치스가 죽음 앞에서 세상을 만지고 보고 느끼고 찾아헤맨 생의 수수께끼를 도르트문트에게 전하는 모습이 선명했다. 하루가 그냥 푸르기만 했던 시절에 도르트문트와 나르치스의 전혀 다른 생을 통과하는 모습과 일생을 관통하는 우정은 숨이 벅찼다. 도르트문트와 나르치스가 찾아나선 의문과 간절함은 잠시 잠간 며칠이었지만 등하교길을 함께 걸었다.

이상의 『날개』는 그가 살았던 형벌 같은 시대와 불운, 1960년대 풍경과 어우러져 산촌소년에게 이해할 수는 없지만 어쩐지 낯설지 않은 모습으로 다가왔다. 독백으로 새긴 글이 마음에 흘러들어왔다. 단지 골방 구조를 설명하고 돈을 슬며시 놓아두고 이불을 뒤집어쓰는 묘사 하나가 '나'가 처한 의식을 연상시키는 무상한 글의 풍경에 나도 나중 저런 글을 써보고 싶다는 생각을 했다. 허무랄까 어찌할 수 없는 자조적인 모습조차 아프지만 유혹적이었다. 일인칭의 무의식 흐름이 흔드는 대로 흔들렸다.

"국경의 긴 터널을 벗어나자 설국이었다. 밤의 밑바닥이 하얘졌다." 『설국』의 첫 문장을 잊지 못한다. 『설국』을 읽던 겨울밤이 이 단문의 문장에 금이 갔다. 봄날의 산꿩이 허공에 뚝 떨어뜨려놓은 울음이 있고, 겨울밤을 우는 문풍지가 있고, 이웃마을 가는 눈 덮인 고갯길이 있었다. 삶에도, 죽음에도 은하수가 흐르는 비상한 세계였다. 서양 수채화 맑은 채색 속에 전혀 다른 동양 수묵화의 고요가 깃들어 있는 것 같다는 이상했던 생각은 지금도 선명하다. 『설국』을 끝으로 내 순수한 독서시대는 끝났다.

독서 감상은 연령과 시대 분위기, 읽는 장소와 당시의 육체적 상태와 정신의욕에 좌우된다. 이 네 권의 소설을 소년기에 읽고 어찌된 일인지 한번도 다시 읽지 못했다. 다시 한번 읽어봐야지 하면서도 선뜻 손이 가지 못한 채 지금까지 왔다. 어지간하면 재독삼독을 사양하지 않는 처지에서 보면 스스로도 이해하기 어렵다. 언젠가는 꼭 읽어야지 하면서 지금까지 왔다.

하늘은 미세먼지로 뒤덮어놓고, 온 산과 들은 사람들이 모두 헤집고, 세상은 끝도 없이 빨라지고, 한도 없이 밝기만 하고 세세하고 가늠할 수 없이 분류되고, 이성과 감정, 오만과 편견으로 성을 쌓고, 세상 구석구석은 돈으로 가치평가되고, 욕구와 불만과 불평으로 거침없이 뻔뻔해진 것이 언젠가부터 나의 세계였음을 알고 두려워졌는지도 모른다. 소설이 내게 남겨준 영혼의 충격이라거나 섬광이랄까 하는 것들이 원래의 모습을 잃을 수도 있다는 변명이다. 세상 어느 것 하나는 바보로 그냥 남아 있어도, 설령 많이 틀렸다 해도 빛바랜 채로 간직해도 좋다는 심사도 있었다.

세상의 모든 소설이 그렇듯 네 권의 소설은 방황하고 부유하는 삶의 이야기다. 그들 삶의 이야기를 이해하기에는 어린 나이였을 것이다. 그 탓에 작품과는 동떨어진 내 식의 감상에 불과할 수 있다. 실은 하도 오래되어 내용조차 가뭇하다. 다만 내가 받아들인 정서만큼은 지금도 또렷하다. 맑고 순수한 소년시절이어서 소설 속 주인공을 나와 동일시하고 함께 아파하고 외로워했을 수 있다. 다행히 늦게나마 다시 책을 읽는다. 돌아보면 지금 별 수 없는 글이나마 써보는 것도 네 권의 소설 영향인가 싶다.

제4장
풍경

냉정과 치졸
변명
도서관 사람들
도서관 열람실 풍경
천하장사
임금이시여
제주에서
누구였을까
9월에는
부르주아에 대한 단상

냉정과 치졸

돈은 액수가 크든 적든 힘이 세다. 냉정한 놈이고 치졸하기도 하다. 군자 연하다가도 제 뜻에 맞지 않으면 개차반 노릇도 서슴지 않는다. 한두 푼에도 울고 웃게 하고 큰 도둑님은 온갖 상찬과 호사에 거들먹거리게도 하지만 작은 도둑놈은 에누리 없이 감옥을 보내기도 한다. 사람이 태어나는 것에도 돈이 있어야 하고 돈이 있어야 편히 죽을 수 있으니 누구라서 돈에 얽매이지 않겠는가. 이상의 소설 「날개」 속의 화자 '나'는 아내와 한 이불을 덮어보고 싶어 아내에게서 받아 모아놓았던 돈을 아내의 손에 쥐어주는 슬픔이기도 하다. 돈은 가만히 두면 하늘도 깔아뭉개려고 할, 제멋대로 힘만 센놈이다.

돌아서 걷는데 이건 정말 기분이 묘하다. 얼굴은 달아오르고 입매는 앙다물어 굳었다. 보나 마나 눈에 쌍심지가 켜졌을 것이다. 머릿속에서는 내가 세상에 다시없는 비열한 짓을 저지르고 도망치는 느낌이다. 이게 무슨 짓인가 하고 고개를 내두른다.

아내가 퇴근하며 지금 도서관으로 출발한다는 전화를 받고 주섬주섬 책을 정리하고 자연사회과학 열람실을 나와 복도를 걷는데 그가 뒤쫓아 나와 불러세웠다.

"제가 오늘 집에 들어가지 못하는데요."

"그런데요?"

"만 원만 빌려주세요."

"없는데요. 그리고 지난 주 토요일에 갚겠다고 빌려가신 만 원은 언제 갚을 겁니까."

"…."

"그 돈 꼭 갚아주세요."

아예 오금을 질렀다. 이 친구가 나를 언제 보았다고 이러는 것인가, 도대체 이해가 안 된다. 지난 토요일에 내 앞에서 뒤통수만 긁었어도 내가 이리 좀스럽고 치사한 짓은 안 하지, 아니 못하지. 시침 뚝 하고 멀뚱멀뚱 소가 닭 보듯 해놓고, 참 난감하고 난감한 사람이다. 계단을 내려가는데 천 길 무저갱을 향해 걷는 기분이다.

회색 눈을 가진 그가 도서관에 얼굴을 보이기 시작한 것은 지난 초겨울부터다. 눈이 아주 특이했다. 하나의 과장도 없이 늑대의 회색 눈이다. 상대를 무정하게 아니면 유심히 관찰하는 눈이다. 생김새도 골격도 서구인 체형에 많이 닮았다. 그쪽 사람들처럼 나이도 가늠하기가 쉽지 않다. 그래도 오십대 후반은 되는 성싶었다. 그동안 도서관을 오가는 사람들을 봐온 경험으로 보아 그는 평범한 가정이나 정상적인 생활궤도를 살아가는 평상적인 사람은 아니다. 한 번은 그가 펼쳐놓은 책을 부러 눈여겨보았다. 낡은 성경책이었다. 성경책은 여러 가지 색으로 밑줄을 그어놓고 노트에는 뭔가를 깨알같이 써놓았다. 가끔 남을 의식하지 않고 뭔가를 중얼거리기도 한다. 어떤 경계에 놓였을 것 같다는 느낌을 받았다.

열흘 전이다. 종로를 가려고 지하철을 탔다. 누군가 앞쪽 맞은편에서 아는 체 인사를 해왔다. 회색 눈의 그였다. 실은 나는 도서관에서 아는 사람을 만들지 않으려고 노력한다. 시간을 빼앗기는 것이 싫은 때문이다. 다음날 도서관에서 마주친 그는 악수를 청해왔다. 그리고 며칠 전 책을 보고 있는데 갑자기 담배 살 돈 만 원을 빌려 달라고 했다. 오는 토요일에 갚겠다고 했다. 정작 토요일에 아는 체도 하지 않았다. 그런 처지에 지금 만 원을 또 빌려달란다.

퇴근길에 픽업하러온 아내 차를 타고 가며 물었다. “당신 눈에도 내가 물색 좋은 사람으로 보이는 거요. 아니면 적당히 때려도 될 만하고 대충 물렁물렁한 먹잇감으로 보이는 거요. 아니 하고많은 사람들 중에 왜 나지?”

“당신 신경쓰일 일이 생겼네요. 우리 저녁으로 냉면이나 맛있게 먹고 들어가요. 내가 사줄게요. 좋게 생각하세요. 음, 힘든 그 사람이 당신을 선택했듯 나도 당신을 선택했는데 얼마나 좋아요.”

이 친구가 째째한 나를 위로하려는 마음씀이 어김없이 발동했다.

아내에게 말하지 않았지만 작년에도 도서관에서 안면을 익힌 이노키 선생(이름을 몰라 내가 지어놓은 별명)이 내일부터 일을 하러 나가야 하는데 차비 겸 준비할 돈이 필요하다며 봉급 타면 갚을 거라고 빌려달래기에 주머니를 탈탈 털어 내놓았었다. 그리고 함흥차사가 된 지 1년이다. 백수 처지의 내 궁색함이 그들의 눈에는 보이지 않는 모양이다. 아니면 궁색한 것이 눈에 띄어 자신들과 동류의식을 불러 편하게 다가오는지도 모른다. 아무렇거나 그가 아직 도서관에 오지 않는 것을 보면 열심히 생활하는 것으로 여겨져 한편으로 다행이다 싶기도 했다. 만약에 돈을 갚을 계제가 못되어 나타나지 않는다면 그래도 자긍이 살아 있는 사람이라고 여겨 그는 필시 다시 일어설 것이라고 잊어버렸다.

내가 회색 눈의 그 사람에게 몰인정하게 오금을 박은 것은 그의 무책임한 행동에 문득 스친 생각 탓이다. 오늘날 복지법의 효시쯤이 되는 18세기 영국의 스피넘랜드 법안(구빈법)은 획기적인 소득재분배정책이었다. 임금보조금액을 현실의 빵 가격에 연동시키고 빈민에게 개인소득과 관계없이 최저임금소득을 보장하도록 했다. "세상은 제 아무리 선한 것도 악용되지 않는 것은 없다"는 말은 진리다. 노동자들이 열심히 일할 동기가 사라졌다. 고용주도 임금을 올려줄 이유가 없게 되었다. 부족분은 교회교구에서 대신 지급해주기 때문이다.

임금이 오르지 않으니 노동생산성 하락은 불을 보듯 빤한 일이다. 조세수입은 급감하고 재정압박은 가중된다. 선의는 악용되고 악순환에 빠졌다. 결국 개정된 구빈법은 약자에 대한 선의의 구빈이 아니고 무능력에 대한 문책에 가깝도록 바뀌었다. "빈민을 자극하여 일터로 보낼 수 있는 방법은 기아밖에 없다"는 정책 취지를 법에 그대로 투영시켰다. 가난하고 무능력한 계층을 강제로 구속하고 그들의 노동력을 열악한 조건의 산업현장에 동원했다. 구빈법이라는 그럴듯한 제목을 달았다. 비난받을 일임은 분명하지만 내가 생각했던 것 중의 하나는 인간 본성에 대한 이해와 영국사회가 추궁했던 자기 앞의 삶에 대한 맹렬한 책임의식이었다. 엉뚱하게도 초기 산업시대 영국사회가 고심했던 문제의식이 그가 돈을 빌려달라던 그 순간, 토요일의 무책임에 겹쳐 떠오른 것이다. 그래 순간이지만 의도적으로 몰인정했다.

"세상에 대가 없는 공짜 점심은 없다"고 한 케인즈의 말도 진리다. 그 의도적인 몰인정이, 치졸했던 만큼 그리고 그가 받았을 상처만큼 나도 지상에서 지옥으로 곤두박질하는 중이다. 이러는 내가 나도 싫다. 이제 신경이 견디지 못한다. 그가 과거에 어떤 사람이었던지 간에 도서관에 나와서 책을 읽고 무엇인가를 찾으려하고 질문을 하고 있다. 편견이고 잘못 본 것인지도 모르지만 그는 나 이상으로 많이 상처받고 지친 사람인지도 모른다. 어떤 느낌은 논리와 분석보다 상황을 잘 이해하기도 한다. 그는 경계에 서 있어 보인다. 균형이 위태로워 보이는 것이다.

사회자연과학열람실을 들어가 그를 복도로 데리고 나왔다. 주머니에 있던 돈을 손에 쥐어주면서 또 오금을 박았다. "이 돈은 갚지 않아도 됩니다. 그냥 주는 거예요. 대신 빌려간 만 원은 꼭 갚아야 합니다." 그가 뭐라고 하는데 하나도 귀에 들어오지 않았다. 돌아서는데 속은 더 답답하다. 오늘은 그렇다 치고 내일은, 또 모레는 어떡할 거냐고…. 그나저나 나도 용돈을 타서 쓰는 신세인데, 하느님 어떻게 좀 해보세요. 네!

변명

옛날 옛날 아주 먼 옛날 깊은 산 속에 한 노총각 나무꾼이 살았답니다. 깊은 산 속에는 맑은 계곡물이 흘렀지요. 커다란 바위 밑에 푸르게 깊은 소沼가 있었어요. 보름달이 떠오르면 하늘나라에서 선녀들이 목욕을 하러 내려왔답니다. 나무꾼은 숨어 그 광경을 훔쳐보았습니다. 그러던 어느 날 나무꾼은 무릎을 쳤습니다. 선녀는 날개옷이 없으면 하늘나라로 돌아갈 수 없다는 것이 문득 떠올랐지요. 그래, 나무꾼은 제일 예쁘고 착해보이는 선녀의 옷을 감추었습니다. 몰래 훔쳐보던 것에서 종당에는 옷을 감추는 도둑질로 되었지요. 사랑은 어쩔 수 없이 그렇게 시작되지요. 사랑의 원형질은 애초부터 도덕이나 윤리 세계와는 전혀 다른 욕망의 세계인 탓이지요.

옷을 감추는 그것이 설마 한 사람의 일생을 강제시키고 단절시켜버리는 무서운 폭력이라는 생각은 끼어들 틈새가 없지요. 단지 날개옷을 감춘 것에 불과하다 여기게 마련이지요. 아이가 셋이 되면 옷을 돌려주어도 하늘나라로 갈 수 없다는, 어쩔 수 없게 될 것이라는 생각이 얼마나 가증스런 비열인지 미처 헤아리지 못하지요. 그러나 처음부터 사실을 말하고 싶은 심사는 끝없이 간절하지요. 잘못을 고백하고 싶은 근원적인 속죄의식은 해가 갈수록 그를 옭아매지요. 그래서 나무꾼은 아이가 둘일 때 더 이상 참지 못하고 날개옷 감춘 것을 말하고 맙니다. 선녀는 아이 둘을 양손에 안고 하늘나라로 떠나버렸습니다. 떠날 작정이라면 셋이라고 못 떠날 일도 없겠지만요.

나무꾼의 사랑은, 사랑한다는 것은 욕망하는 것이지요. 욕망은 그가 나에게 주는 기쁨 때문에 그를 원하는 것은 아닌지요. 그것은 나 자신의 기쁨을 사랑하는 것이 아닐지요. 설령 그렇다 해도 한갓 욕망이 주는 자신의 기쁨을 사랑하는 것이라고 매도할 수만도 없을 것 같습니다. 사랑은 본래부터 윤리와는 다른 성질인 탓이지요.

날개옷을 감춘 사실을 고백하는 것은 무엇일지요. 영혼에는 자신의 욕망을 벗어던지는 귀한 무엇이 있는 모양입니다. 진실에 대한 갈망인지 모르겠습니다. 하늘나라로 가버리고 마는 것은 분명 인습에 대한 항의이기도 하겠습니다. 사랑은 불가해하지요 이성이나 합리와는 무관한 선택이기도 하지요. 무모하기도 합니다. 그것이 사랑이지요. 그러나 아닐지도 모르겠습니다. 그 불가해한 선택 이후에 오는 치열한 삶을 무엇이라 이름지어야 할지 모르는 탓입니다. 혹시 이름 지을 수 없는 삶이 욕망을 사랑으로 만드는 것은 아닐지요.

내가 그를 처음 만났을 때 그는 갓 학교를 졸업한 볼이 맑고 고운 처녀아이였습니다. 분홍 원피스를 입고 있었지요. 울퉁불퉁한 세월이 가로놓였습니다. 그리고 어느새 사십 년입니다. 그의 삶을 이제사 봅니다. 간신히 보고 있습니다.

도서관 사람들

이놈의 서양사람 철학책을 읽다보면 도대체 그들의 중언부언에 눈꺼풀은 무거워지고 머릿속은 지끈거린다. 언어 개념들이 오락가락 들었다놨다 얼을 빼놓는다. 내가 아는 아름다움이란 예쁘고 보기 좋은 것, 선하고 따뜻하고 옳은 것들에 불과하다. 그런데 이들에게 아름다움이란 '마치 지성이 설계한 것처럼 구조의 대칭과 통일성을 드러내는 것.' 이게 무슨 뜻인지 금방 와닿을 사람이 몇 명이나 될까. 정신은 '감각결과를 관념으로 만들고 조정하는 적극적 기관, 혼란스러울 정도로 다양한 경험을 질서 있게 통일된 사고로 변형하는 기관이다.' 칸트의 '선험철학'에서 설명하는 정신이다. 철학이 내 근량을 달아보고자 하는 것인가. 슬그머니 속에서 부글거리는데 누군가 옆에서 살그머니 옷깃을 잡으며 "저 선생님. 잠깐만…" 귀에다 최대한 작은 소리로 말한다. 고개를 들고 돌아보니 이노키 선생이다. 불청객인지 아는 모양새에 괜히 내가 미안해진다. 2층 휴게실 앞 베란다로 끌려나갔다.

이노키 선생은 2년 전에 인사를 나눈 분이다. 여태도 이름을 모른다. 그도 내 이름을 모른다. 도서관에서 눈인사라도 나누게 되는 기간은 보통 일 년에서 삼 년 정도 오가며 눈에 익고서야 어떤 우연한 계기가 발생해야 시작된다. 그것도 도서관 밖의 세상 마냥 '나는 누구입니다' 이런 절차는 대부분 생략된다. 다만 말을 나누다보면 그가 살아왔던 세월이 조금씩 흘러나오고 그것이 앞뒤로 조립되면 어렴풋한 형상이 그려지는 식이다. 어쩌다 서로 마주치게 되어 커피 한잔 마시는 시간이 모여 모자이크가 완성으로 가는 형국이다. 군데군데 빈 공간은 서로가 가진 상처이거나 말로 할 수없는 궤적들이기 쉽다.

내가 이노키 선생이라고 하는 것은 그의 외양이 오래 전 무하마드 알리와 싸우고 '드러누워 돈을 버는 창녀 같다'라는 알리의 독설을 들었던 일본인 프로레슬러 안토니오 이노키를 닮은 외모 때문이다. 안토니오 이노키는 피부가 희고 눈은 남방계로 둥글고 크지만 그는 북방계의 가늘게 째진 눈초리를 가졌고 피부는 오히려 알리 쪽을 닮은 갈색이다. 물론 그는 내가 이노키 선생으로 명명한 것을 알 리가 없다.

이 년 전쯤 2층 휴게실 앞 베란다에서 커피를 마시고 있는데 뼈대가 굵고 허우대가 말끔한 초로의 인사가 말을 청해왔다. 삼 년쯤 전부터 도서관에 틈이 나는 대로 드나들었는데 한결같이 그 자리에 앉아 있는 내 모습을 보고 도대체 무슨 책을 읽는 것인가 궁금증을 참고 참았다면서 은근히 거절하기 힘들게 다가왔다. 이런 경우가 상당히 어렵다. 어떤 식이든 신경을 소모하는, 시간을 허비할 수도 있다는 생각에 거북해진다.

"그냥 손에 잡히는 대로 봅니다." 너무 무성의하고 퉁명스러운 것 같아 다시 말을 보탰다. "요즈음은 주로 철학과 역사 관련 책을 읽고 있습니다. 선생님은 어떤 책을 보십니까?"

"경제 관련 책과 주식투자 위주로 읽고 있습니다."

도서관에는 정년퇴직하고 투자에 관한 책들을 읽는 이들이 상당수에 달했다. 이것이 시작이 되어 목례를 하고 지나치거나 간혹 휴식시간에 마주치면 주식투자나 시사문제에 대해 간단한 말 몇 마디를 건네는 처지가 되었다. 정확한 표준어와 어휘 선택이 그가 살아온 삶을 보여준다. 헌데도 뭔가 편한 세월만은 아니었을 것 같다는 까닭 모를 인상이 남았던 기억이다.

"오랜만에 오셨습니다."

그래놓고 보니 안색이 좋지 못하다. 그동안 어디가 아픈건가 아니면 주식에 크게 물렸나, 일 년 남짓에 사람이 많이 변했다.

"예, 조금 아팠습니다. 여전하신 것을 뵈니 좋습니다."

여기가 기로다. '어디가 아프셔서…' 하면, 시간과 신경을 소모해야 한다. 펼쳐놓은 책이며 더워지기 시작하는 베란다에서 까딱 잘못하면 한두 시간은 버리게 된다. 그래도 좋을 정도의 관계는 아니다. 그런데 이미 말은 나가고 만다.

"어쩐지 안색이 많이 불편해 보입니다." 한참 말이 없더니 긴 한숨이다.

"사람 우습게 되는 것이 한순간이더군요. 주식투자 하다 깡통찬다는 말이 남의 이야기인 줄만 알았습니다. 그게 남의 일이 아니더군요. 일 년 남짓에 제게 일어난 일입니다. 엎친 데 덮친다고 그동안 모르고 있었던 병까지 진척이 된 상태로 발견되었습니다. 그래 한 달 전에 입원했다가 보름 전에 퇴원했습니다."

최악이다. 이제 내가 할 일은 그의 말을 들어줄 수밖에 없는 지경에 빠졌다. 여기서 '아 제가 시간이 없어서. 아니면 바삐 읽어야 할 것이 있어서. 혹은 누구와 연락할 일이 있어서'라고 말할 수는 도저히 없다. 그렇다고 '왜 내가 말했잖소 개미가 단타를 일삼으면 좋아하는 사람은 증권사밖에 없다고 하지 않았소'라든가, '우리나라 개미투자자는 버핏이 어떻게 해서 미국 두 번째 부자가 되었는지 모두 알고 있지만 아무도 그렇게 하지 않는다' 그렇게 말할 수는 없는 것이다.

듣지 않아도 주식 실패담은 대충 엇비슷한 스토리다. 욕심을 불러일으키는 공시나 찌라시 뉴스에 초연하기란 어지간한 경험과 원칙, 냉정함을 갖기 전에는 어렵다. 주식투자는 돈을 벌고 싶은 욕구가 크고, 빨리 달성하고 싶은 욕심만큼 위험은 높아진다. 성공보다 실패할 공산이 기하급수로 높아진다. 물론 다 나름대로 공부하고 고전古典 중의 고전인 벤저민 그레이엄의 『증권분석』을 통독하고 워렌 버핏의 『가치투자』에 밑줄을 그어댄다. 아무리 그래보았자 그뿐이다. 현장의 시세표를 들여다보는 순간, 오직 파랗고 빨간 그래프의 오르고 내리는 모습만 눈에 들어오기 십상이다. 부동심은 너무 거창하고 평정심마저 언제 생각했는가 싶게 사람이 중심을 잃는다. 나름대로 무장한 투자자들은 자신이 충분하게 연구하고 준비된 것으로 여기는, 그것이 곧 함정이 되는 줄은 잘 모른다. 부끄럽지만 이게 모두 내 경험의 나열에 불과하다.

한 시간은 지난 성싶은데도 이야기는 이어지고 있다. 초여름 열기가 휴게실 베란다를 덥혀오고 나는 지쳐가고, 이노키 선생은 이마에 땀이 나고 있다. 보니 얼굴색이 더 안 좋아보였다. 펼쳐놓은 책에 신경쓰이기 시작하고 점심시간은 지나가고 배는 고프다. 동세대 남자의 무너진 자존심을 듣는 것은 어쩔 수 없이 감정은 밀어내려 한다.

"이제 더운데 실내 휴게실로 들어갑시다. 아무래도 좋아보이지 않습니다."

두 번째 권유에 이노키 선생은 일어섰다. 실내로 들어서며 어색해진 기분은 서로 전이되는 것인지 그냥 인사를 나누고 헤어졌다. 3층 사회자연과학실로 들어서며 시계를 보니 2시가 지났다. 함께 점심이라도 해야 미안함이 덜어질 것 같은 심정에 급하게 2층 어문학실로, 휴게실로, 화장실을 찾아보아도 없다. 밖으로 나갔나 싶어

1층 현관을 나가보고 지하에 있는 식당으로 찾아나섰는데도 그는 보이지 않았다.

나는 그에게 끌려 나가지 않았어야 했다. 어떤 구실이 되었건 핑계를 만들어야 했다. 이노키 선생은 내가 자신의 절실함에 비해 한가한 얼굴이었음을 비로소 떠올렸는지도 모른다. 어쭙잖은 동정심은 오히려 상대를 비참하게 하고 자존을 훼손시키는 짓이다. 그는 더 뼈아플 것이고 나는 또 오늘 하루 쓸쓸해지고 말 것이다. 사실을 말하면 나는 두렵고 불편했다. 다른 누구도 아닌 바로 나의 모습이고 우리 시대 자화상인 탓이다. 이노키 선생 얼굴이 도서관에서 보이지 않은 지 4개월이 되어간다.

도서관 열람실 풍경

인간이 만들어내지 않은 모든 사물은 조금씩 변한다. 물론 인간도 포함된다. 인간이 만든 사물은 변하지 않거나 변하지 않을 것을 요구당한다. 책에 인쇄된 모든 글은 변하지 못할 운명을 타고났다. 그런데 변하지 못하는 책 속의 글이 요구하는 것은 부단히 변할 것을 촉구한다. 이상한 아이러니다. 도서관 서가에 가득한 책을 보며 문득 떠오른 생각이다.

십오륙 년 전 송파도서관에 비해 지금의 송파도서관은 많이도 변했다. 아니 도서관은 변하지 않았다. 다만 도서관을 이용하는 사람들 모습이 변했고 그들이 즐겨찾는 책 목록이 달라졌다. 그때나 지금이나 부동산과 주식투자 관련 도서는 여전히 잘 팔리는(?) 애독서다. 다만 연령층의 폭이 넓어졌다. 전에는 주로 정년퇴직한 남성들이 단골이었다면 지금은 청년층과 여성들이 만만치 않게 포진해 있다. 차라리 그들이 주요 이용자라고 해도 무방할 정도다.

지난 늦가을 열람실에 처음으로 얼굴을 내민 40대 여성은 허리를 고정시키는 기구를 착용하고 왔다. 지금도 하고 있다. 며칠이겠지 했는데 이미 반 년이 지났다. 열람실에 자신의 자리를 정하고 꿈쩍 않고 종일 책을 읽고 노트북에 부지런히 기록한다. 지나치며 얼핏 보니 주식투자와 경매에 관한 책이었다. 예전에는 못 보던 풍경이다. 우리가 통과하고 있는 신자유주의 시장경제가 매섭긴 매서운 모양이다. 도서관 열람실 풍경마저 바꿔놓은 것을 보면. 신神의 시대가 저물고, 이성의 시대가 기울고, 황금도 아닌 지폐가 모든 가치 평가 기준이 되는 시대가 도래했다는 증거라면 한참 때늦은 넋두린가. 다음은 어떤 시대일까?

이제 열람실에서 황혼녘까지 바둑책을 펴놓고 연구하던 중년세대의 낭만적인 모습은 자취를 감췄다. 조훈현을 필두로 4대천왕이 세계 바둑계를 호령하고, 센돌 이세돌이 10억 상금을 놓고 중국 구리와 10번기로 세계1인자를 겨루고, AI와 세기의 대결을 벌인 후 분명 누구도 생각지 못한 조기 은퇴를 결행했다. 그 후부터다. 점차 바둑책을 보는 낭만객은 도서관에서 사라졌다. 바둑책은 서가에 공순히 모셔졌다가 이윽고 서고로 옮겨졌을 것이다. 대신 자기계발서라는 부와 세속적 성공담 같은 수상한 덕목과 처세술, 건강과 여행 관련 책이 늘어났다. 역사와 철학은 소수지만 여전히 강세다. 문학은 어떤지 잘 모르겠다. 어문학실이 3층인 인문사회, 자연과학실과 따로 분리되어 2층에 있는 까닭이다. 어문학실 방문이 일 년에 한

두 번이 될까 말까다. 경제학과 사회학은 제법 늘었고 정치학은 예나 지금이나 별로다. 우리네 삶 중에 정치가 가장 볼품없는 것은 그 탓인가 싶다. 민주정民主政은 각자의 자유와 소유가 불가피하게 다투는 지경을 조화롭게 제한하고 견디는 것에서 시작되고 끝났다.

1층 안내 데스크의 몸치가 크고 눈이 날카롭고 인상이 강해 저절로 상대를 주눅들게 만드는 육십 중반 비정규직 송 선생은 요즘 심심해한다. 복도에서 까르르 웃고 우르르 뛰고 떠드는 자유분방한 중고등 학생아이들이 없는 때문이다. 가까운 몇 년 전만해도 오후가 되면 송 선생은 활기가 넘치게 마련이다. 요녀석들과 실랑이하는 것이 재미있어 죽겠다는 표정이 역력했다. 그러던 그가 요즈음은 가끔 투덜댄다. '아니 아이들을 도서관에 안 보내고 왜 학원으로 내모느냐.' 공부는 학교 수업으로 배우고 스스로 찾아하는 것이 옳지 학원에서 배우고 학교는 시험만 보는 곳이냐고 볼멘소리다. 생각하면 우리처럼 학원 과외를 선행학습이라는 미명으로 비정상적인 교육체계를 정상으로 여기는 곳이 있을까 싶다. 격세지감이지만 과외는 한때 분명하게 불법단속 대상이었다. 공동체가 가진 스스로의 도덕적 경각심이었다.

분명 도서관은 작고 좁은 세계일 수밖에 없다. 어찌 보면 세속과 무관해도 좋을 곳이다. 하지만 세상의 변화는 도서관도 피해가지 못한다. 십여 년 전 이용자의 십 중 여덟이 젊은층이었다면 지금은 절반이 되는 정도다. 그만큼 노장년층이 많아졌다. 도서관 임시직 사서보조도 달라졌다. 삼 년 전까지만 해도 대학생층이 담당했다. 지금은 장애아들이 담당한다. 내가 줄기차게 고수하는 사회자연과학실은 20대 초반인 두 명의 자폐아가 일한다. 증세가 심한 한 아이는 자원봉사자가 함께 움직인다. 이용객 누구도 불편하다 여기지 않는다. 무심코 지나치는 작은 변화지만 우리는 그렇게 변화를 추동한다.

도서관에 얼굴을 보인 지 오륙 년이 되는 육십객 정 선생은 지난해부터 도서관 앞 화단을 매일 시찰(?)한다. 잡초에 묻혀 볼품없던 잔디가 윤기 흐르게 변했다. 지금은 키 작은 보라색 꽃무리가 절정을 이루고 있다.

천하장사

아침에 눈을 뜨면 일어나 앉아 심호흡을 하고 중얼거린다. "오늘 하루를 맑고 밝은 생각으로 지낼 수 있도록 이끌어주십시오." 종교를 가진 것도 아닌데 기도를 흉내낸다. 느닷없는 욕심 탓에 일상이 가진 나름의 평정이 흔들리고 그 흔들림을 이겨내지 못하는 심약한 성질이 구한 궁여지책이다.

감히 간덩이가 부었지, 코로나바이러스란 녀석이 세계를 상대로 시비를 걸어왔다. 이 녀석이 말썽을 부리기 전까지 내 일상 안팎은 평화로웠다. 아침 집안일을 대충 정리하고 도시락 챙겨들고 가방 둘러메고 도서관으로 가고, 해가 설핏 지면 퇴근하면서 픽업하러오는 아내 차를 타고 귀가했다. 아내는 가게에서 생긴 이런저런 일들을 푸념도 하고 자랑도 하며 으스대기도 했다. 나는 그날 읽은 책이나 산책 중에 무심코 떠오른 생각들을 말했다. 코로나로 도서관이 2월 중순부터 무기한 문을 걸어잠그자 평화로운 내 일상도 끝났다. 아침이면 초등학교 1학년생 마냥 신이 나서 현관문을 나섰는데 이제 오갈 데가 없다. 코로나 전에는 온종일 외부와 전화 한 통 없어도 좋았고, 누구하고 말 한마디 안 해도 뜨거웠고 흐뭇했다.

얼마 전의 일이다. 식탁에서 저녁을 먹다 무슨 말인가 끝에 아내가 "돈도 못 벌면서… 큰소리는 혼자 다 친다"고 한 주먹(?) 날리며 고소하다는 듯 깔깔 웃었다. 그래 내가 큰소리쳤다. "안 되겠다. 도서관도 문 닫아 못 가고 집에 갇혀 있으니 내일부터 주식투자 방법을 바꿔 단타를 해서 돈을 벌어야겠다. 두고 봐!" 이게 일상을 송두리째 흔들리게 만들 줄은 생각도 못했다. 아마 아내는 은근히 기대했을 것이다. 남이 알면 우스울 정도로 적은 금액이지만 주식투자한다고 떠벌린 지 어언 이십여 성상이니, 속으로 서당 개도 삼 년이면 풍월을 읊는다는데 혹시나 했을 것이다.

분명 '할 말이 있고 안 할 말이 있지 얼마나 성질이 못됐으면 사내를 저리 면박하는가'고 괘씸할 수도 있겠다. 생각보다 아내는 드물게 사리분별이 밝고 사려가 깊은 사람이다. 아내를 위해 변명을 좀 해야겠다. 아내의 하소연(?)은 가계家系의 내림 탓인지도 모른다. 전설은 저 멀리 5대조부터다. 일찍 혼자되신 할머니가 그 외진 벽촌에서 천석을 이룬 부를 이루셨다고 한다. 그 탓인가. 후대들은 할머니의 음덕을 음복飮福하며 살아오셨던 것은 아니었을까 가끔 스치는 생각이다.

가깝게는 선친께서도 돈은 집에 들여놓으셨지만 돈의 행방과는 무관해한 분이셨다. 필요하면 달라고 하고 없으면 안에서 만들어내는 것이 우리 집 돈의 질서다. 어머니도 평생 그러하셨고 내 안사람도 처음부터 그랬다. 생색은 바깥 몫이고 고생은 안의 차지인 셈이다. 그러니 남이 보면 말이 과해보이겠지만 실은 코로나로 갇혀 지내는 내가 풀죽어 지낼까봐 한껏 치세워주려 응원하는 우스갯소리에 불과하다.

코로나19 발생으로 주식시장이 벼락을 맞았다. 사두었던 놈들이 반 토막이 났다. 게을러터진 탓도 있지만 그놈의 가치투자 신봉이 요 모양 요 꼴을 만들었다. 일찍 손절매하고 현금을 쥐고 있었다면 저가에 매수해서 큰 수익을 보았을 것이다. 사후약방문이다. 일찍이『사기』를 지은 사마천은「화식열전」에 "물건 값이 싸다는 것은 장차 오를 조짐이며, 값이 비싸다는 것은 장차 내릴 조짐이다"라고 적어놓았다.『묵가墨家』의 묵자도 "시장은 내일도 열리니 물건을 사야 할 때에는 가장 값이 싸게 변했을 때를 기다려서 사야 한다"고 당부했다. 세상에 이처럼 간단명료하게 주식투자의 요령을 설파한 사람은 어떤 시대에도 없다. 그레이엄이나 버핏의 가치투자에 대한 해석은 무시무시하다. 세상과 경제를 분석하고 이해하는 논리적인 서구인과 동양인의 관조적 방식의 차이다. 사마천의 말마따나 실컷 떨어졌으니 이제 남은 일은 오를 일만 남은 것은 확실하다.

이제 여태 하지 않던 짓을 한다. 경제신문을 신주단지 모시듯 하고 작은 활자가 드러내는 의미를 추적한다. 코로나19 전에는 요놈이 3년 후에는 어떤 모습으로 전개될까를 궁리했지만, 오늘은 기본적인 정보도 모르는 어떤 종목이 그야말로 전광석화처럼 오르내리면 이 녀석(세력)들이 일삼는 장난(?)에 끼어들 것인가, 곧바로 결정하고 추이를 쫓는다. 얼마라도 수익이 나면 즉시 매도를 결정한다. 문제는 다만 얼마라는 손익계산일 뿐 그것이 도덕적인지 비도덕적인지, 정상인지 비정상인지는 알 바 아니다.

세상에 이치가 어느 한 곳에 적합하면 다른 한 곳에는 적합할 수 없는 것은 당연하다. 돈이란 놈이 선함과 무욕의 청정함과 이타적인 헌신과 책읽고 글 쓰는 데 적합할 리가 없다. 이기적인 자기증식 욕구와 남을 오불관언하는 습성은 당연하다. 돈의 본래 성질이 그렇건대 본성에 벗어나기를 희망하는 것은 말 그대로 희망이다. (일찍이 성경이 "부자가 천국에 들어가는 것은 당나귀가 바늘구멍을 통과하는 것보다 어렵다"고 적었던 것도 다 이유가 있다.) 돈을 벌려고 맹렬하게 단타를 일삼는 노릇이 정상적인 일상이 될 리 만무하다. 시장이 마감되면 잔영이 남아 머릿속에 빨갛고 파란 숫자만 어른거린다. 책 읽고 글 쓰고 잠자는 짓으로 보내던 하루가 꿈같은 일이 되어버렸다.

며칠 안 되어 덜컥 겁이 났다. 등줄기가 오소소해졌다. 이러다 다시는 책읽고 글 쓰는 일상으로 되돌아가지 못하는 것 아닌가. 설령 돌아가도 초심 같은 단정한 생각은 갖지 못하게 되는 것은 아닐까 두려워졌다. 그 탓에 궁여지책으로 아침에 눈을 뜨면 바른 자세로 앉아 '오늘 하루도 밝고 맑은 정신으로 하루를 보내게 이끌어 주십시오' 한다. 일상은 무위無威하지만 천하장사로 힘이 센 놈이어서 의지해 보려는 것이다.

임금이시여

임금이시여, 조선의 임금이시여! 백성이 문득 궁금한 게 있사온데 혹여 말과 글이 잘못될까 두렵고 두렵사옵니다. 백성이 어찌 성인의 말씀과 글을 알기나 하겠사옵니까. 안다 한들 들은 풍월에 불과할 것이옵니다. 그러니 진중하게 삭이는 법을 어찌 알겠사옵니까. 기껏 지게다리 두드리는 장단에 달아오른 소리로 산중 골짜기나 시끄럽게 하기 십상이옵니다.

때가 무어 그리 중요하겠나이까. 고려 왕조에 일어난 일이라 하옵니다. 일망무제 황황한 만주벌과 몽고 대초원에서 말이나 기르고 소나 양을 치던 몽고족들이 큰 무리를 이루고 중화족의 살찐 땅과 사람들을 냉큼 잡아먹었다 하더이다.

비쩍 말라 사납고 독하기가 승냥이 떼보다 더한 몽고족들이 고려를 잡아먹으려들 때, 억세고 야물기가 백년 묵은 박달나무 같았던 우리 할아버지의 할아버지들은 반세기를 그들과 싸우며 버텼사옵니다. 육지에서 쫓기고 바다를 건너, 섬에서 섬으로 일월성심으로 내 땅을 지키려 했사옵니다. 종당에는 모두 죽고 죽었다 하옵니다. 하여 독하기가 승냥이 같던 몽고족들은 자기네 종족 다음으로 고려인과 색목인을 존중했다 하옵니다. 그들의 황실에서 자리 배치를 할 때 중화족들보다 앞세우고 황실과의 혼사조차 고려인을 우선했다고 전해들었사옵니다. 백성의 가슴 한 쪽으로 서늘바람이 쏴하고 지나갔사옵니다.

날렵하기 초원의 바람 같았던 몽고족들이 중화의 살찐 먹이를 날름날름 받아먹고 허벅지에 살이 붙었나이다. 살이 붙은 허벅지로 말을 타는 굼뜬 굼벵이 신세가 되었다 하옵니다. 그것들은 더 이상 말 위에서 잠자고 오줌 누는 노릇이 벅차게 되었다 하더이다. 그 모양을 본 중화족들은 하등 두려워할 마음이 없게 되었을 것은 당연지사 아니겠사옵니까. 살찐 몽고족쯤이, 중화족이나 무어 그리 다를 것이 있겠사옵니까. 기여 백여 년 만에 쫓기고 쫓겨 사막 가장자리까지 쫓겨갔다고 하옵니다. 몽고족에게 먹이사슬로 붙잡혀 있던 고려 왕조는 쫓겨가는 몽고족을 도우려다 망국의 길을 함께 걷게 되었사옵니다.

전 왕조 고려가 망한 것이 어찌 순리가 아니겠사옵니까. 승냥이처럼 고려를 사냥하던 몽고족을 도우려는 것이 어찌 천리였겠나이까. 새로운 왕조가 들어선 것은 하늘의 뜻이옵니다. 하여 궁금하여 여쭈옵나이다. 새로이 왕조를 여는데 하늘이 명해주신 것 말고 중화의 것들이 말이나 노새 한 마리라도 보내주었나이까. 화살 한 대, 칼 한 자루, 콩 한 톨이나마 보내주어 힘을 부축해주었사옵니까.

임금이시여. 중화족이 일만 마리의 말을 보내라 하자 두말없이 보냈나이다. 환관으로 쓸 미동美童과 궁녀로 쓸 처녀들을 보내라 하자 임금께선 혼약을 금지시켜놓고 고르고 골라 그것들이 보낸 환관이 간선하여 데려가도록 하셨사옵니다. 백성들에게서 은을 거두고 호랑이와 담비 가죽, 종이와 세모시, 인삼과 녹용을 거두어 하시라도 보내셨나이다.

백성이 무엇을 알겠나이까. 다만 내 임금이 중화의 천자가 먹물로 적은 책봉서 한 장과 하사한 비단옷으로 치장한 곤룡포를 걸치고 보좌에 앉은 임금이시기를 바라겠나이까. 공자가 평생을 바쳐 이룩하고 싶어하던 질서는 중화의 땅과 사람들을 위한 것이지 조선의 임금과 땅과 사람들에게 중화를 향해 충성하라는 당부의 말은 아니었을 것이옵니다. 내 임금이 아무 의심없이 중화를 쳐다보고 따를 때, 백성은 또 얼마나 더 그것들에 넋을 뺏기겠나이까.

설마 중화족을 위해 만들어놓은 주자의 서책이 조선의 임금과 조선의 백성을 위해 지어놓으셨다 여기셨사옵니까. 조선을 위한 고심이라 여겼사옵니까. 중화의 종족을 위한 것이라는 생각은 한번도 떠오르지 않았나이까. 임금의 충성이 중화를 향해야 조선 백성의 충忠이 바로서는 것으로 아셨사옵니까.

임금이시여. 무엇으로 백성들로 하여금 저들 중화와 왜의 무리,

만주와 초원의 무리들에게 당당하게 맞서라 하겠사옵니까. 배가 등창에 붙어 허리가 굽고 기진한들, 이미 쪼그라든 심장에 비하겠나이까. 중화의 것들이나 만주의 것들이 달려들 때, 무엇으로 백성의 창矛을 세우려 하셨사옵니까. 애초에 그것들이 지어준 나라 이름에 감읍하고 중화의 환관이 내미는 책봉서 한 장에 국궁 재배하고서야 가능이나 하겠나이까.

이 땅에 십만 마리의 말이 없사옵니까, 백만 대의 화살촉을 만들 수 없사옵니까. 봄 여름 가을 겨울이 때가 되면 한량없는 제 모습으로 치장하고 오곡백화가 널부러진들, 임금이 중화의 은혜, 천자의 은덕 때문이라고 중화를 향해 머리를 조아린다면 무엇인들 온전한 내 것이라 여기겠나이까. 그러니 신하인들 제나라 임금을 두고서 중화의 천자를 위해 충과 의리를 바쳐야 한다 하지 않겠사옵니까.

임금이시여! 몰락마저 스스로 선택하지 못하고 책임마저 외면한 소멸을 말하소서. 조선의 임금이시여, 혹여 다하지 못한 말씀이 남아 있으시거든 한반도 백성들에게 지금 말하소서. 역사를 기록하는 이유를 물으소서. 세상이 비록 약육강식으로 움직임은 분명하지만 나름의 질서와 위엄은 살아 있다 말하소서.

남과 북이 합해 한몸이 되어야 하고 한몸일 수밖에 없는 백성들에게 물어보소서. 너희가 어찌 나뉘어졌느냐. 누가 너희로 하여금 나뉘어지라 했느냐. 무슨 이유로 그리되었느냐. 그리 살아도 좋은 것이더냐. 너희를 나뉘게 했던 힘들에 의해, 너희 아닌 그들의 힘으로 다시 합해졌을 때, 너희가 다시 그들 입김 아래 온전히 너희로 살아갈 수 있으리라 여기느냐. 책봉문 한 장에 보전되는 임금자리 같은, 명이나 청의 손아귀가 조선을 마음먹은 대로 주물럭거렸듯, 그런 굴욕을 벗어날 수 있으리라 여기느냐. 그래도 좋을 삶이라 여기느냐.

너희가, 역사가 오늘을 위해 있어야 함을 외면하겠느냐. 너희 힘으로 서로 의논하고 너희들끼리 타협하고 너희끼리 양보하여 너희 힘으로 합해졌을 때, 누가 너희에게 먹물로 쓴 책봉문을 주겠다고 나서겠느냐. 설마 통일이 아니 된다 한들 너희가 서로 인정하고 존중하며 서로서로 부축해가며 어울려 살아진다면 구색만 맞추어놓은 통일보다 못할 리 있겠느냐. 그런다 한들 누가 너희에게 목줄을 씌우려할 것이냐. 너희가 너희끼리가 아닌 누군가의 뜻으로 합해진다면, 설혹 지배당하는 것은 아니래도 자긍과 이상을 잃고 말 것이라는 무서운 생각은 떠오르지 않느냐.

하마 통일이 그리 온다면 너희는 그들의 욕심에서 벗어날 일은 애시당초 없을 것이다. 너희가 피골이 상접해도 즐거이 대가를 감당하려할 때, 비로소 조선의 역사를 배웠다할 것이다. 미리 두려움을 염려하는 자들이란 제가 해야 할 일을 하지 않는 자들이 내는 신세타령이기 십상이다. 너희가 광화문광장에서 성조기를 태극기처럼 흔들어대고, 북쪽에서는 권력을 위해 골육상잔을 벌이는 한, 너희에게 자긍이나 자존이 온전할 것 같으냐. 내면의 자긍은 모든 일상과 생활에 침투하여 온전한 인간을 지탱하게 만드느니. 하물며 민족이고 나라이겠느냐.

임금이시여! 하마 통일이 된다 한들, 저 건너 마을 가는 들길을 흰 옷 입고 너울거리며 걸어가던 조선 사람, 그 맑은 모습을 어찌 다시 보게 되겠나이까. 다만 태어나면서부터 들어야 했던 말, 그래서 우리와 저것들로 나누는 것부터 배우게 만들었던 말. 사람이 사람을 의심과 미움부터 하도록 만든 말. 그것은 내가 누군가로부터 미움과 의심을 당해야 한다는 것, 마음의 감옥을 만드는 말인 줄도 모르고 익숙해져야 했던 말들….

그래도 통일이 오면 우리의 말에도 윤리가 돋아 스스로를 살피게 되지 않겠사옵니까. 그래서 제대로 된 부끄러움을 알게 되지 않겠사옵니까. 어쩌면 억만 년 전 이 땅에는 아무도 살지 않았을 것이옵니다. 또 억만 년 후 같은 풍경이 될지 모를 일이옵니다. 그때는 그 모든 것들이 어디 흔적이나 찾아지겠나이까.

제주에서

언제인가 제주에 사는 문우文友가 말하길 제주는 뭍과 달라서 공기에 습이 있다 했다. 바람이 날렵하고 쾌활하기보다 살갗에 잠시 머물다가는 느낌이 들 것이라고 했다. 구름 한 점 없는 6월 초하의 정오 제주공항에서 그가 했던 말이 떠올랐다. 햇살은 투명하고 바람은 틀림없이 청량하다. 그의 말 때문인가, 바람이 슬쩍 건드리고 날래게 도망하는 것이 아니고 슬그머니 밀쳐보고 가는 것 같다. 구름 한 점 없는 초하의 정오바람이 다르면 얼마나 다르겠는가. 문우의 말 때문이거나 뭔가 다를 것이라는 초행의 제주여행객이 곤두세운 치기일 것이다. 아무튼 우리 부부가 오랫동안 고대했던 3박 4일의 제주여행이 시작되었다. 아내 계획은 도착 즉시 제주 동문시장에 가서 싱싱한 생선으로 점심을 맛있게 먹는 것. 그 외에는 아무것도 없을 것. 이것이 우리의 제주여행 계획이다.

렌트한 차가 자신이 모는 차종이 아니어서 아내가 조금 긴장했다. 내비게이션은 빈틈없이 명확하고 세밀하다. 저절로 감탄사가 나온다. 동문시장은 한낮이라서인지 번잡하지 않다. 손바닥 넓이의 은빛 갈치가 시선을 붙든다. 갈치의 은빛이 이렇게 화려한지 미처 몰랐다. 어머니는 저런 놈으로 조린 갈치조림을 좋아하셨다. 아내는 아무래도 오늘 점심은 갈치조림으로 선택할 것이다. 그리고 '어머니가 좋아하는데…' 그럴 것이다.

초입의 왁자한 식당들을 지나 시장 중앙 못미처 허름한 밥집으로 들어섰다. 예상대로 갈치조림이다. 조림은 달지 않은데 달큼하고 짜지 않은데 짭조름하고 고소하다. 이건 진짜 조림이다. 아내가 밥집 하나는 제대로 골랐다. 밥 한 공기를 더 청했다. 허리 굽고 머리가 허옇게 쇤 노인이 들어오자 여주인이 반색한다. 알아들을 수 없는 제주방언이지만 반가움과 오랜만에 온 것을 은근 걱정하는 기색인 것은 알겠다. 어떤 경우는 말보다 몸짓이 더 많은 말을 전달한다. 우리에게는 표준어였다. 아마도 우리 여행의 맛은 표준어와 제주방언 사이에 있을 것이다.

우리는 큰아이가 예약한 민박집으로 간다. 대단한 세상이다. 주소 하나 달랑 들고 힘 하나 들이지 않고 어디든 가고 올 수 있다는 것. 더군다나 일면식도 없이 연결되어 오간다는 사실에 감탄하지만 나는 어쩐지 거북하고 어색하다. 민박집 주인은 면식은커녕 아예 나타나지 않는 것이 손님을 존중하는 것이고 예의(?)라는 아내의 말에 할 말이 없어 아무 말도 하지 않자, 아내는 미리 예방주사를 놓아 다행이라는 표정이다. 약효가 너무 센가 하는지도 모른다. 동문 시장에서 남서쪽으로 68㎞를 달려간다.

제주시의 표정은 조금 전 떠나온 서울 모습하고 사뭇 다르다. 키 낮은 건물과 좁은 도로가 마음을 편하게 한다. 옛 학창시절 지방 도시를 떠올리게 하는 눈에 익은 정경이다. 가로수는 키가 낮다. 바람 탓이다. 모든 개체는 주어진 환경에 기대고 포섭한다는 말은 진리다. 시내를 벗어나자 사방이 훤하다. 사방이 훤히 트였는데 시야는 먼 데까지 닿지 않는다. 시계視界는 눈이 편한 느낌만큼 멀고 가깝다. 뭍과는 다르게 사뭇 무던하다. 동해를 가는 내륙의 도로에서 내 눈은 산과 계곡의 위세를 이겨내지 못한다. 높이와 두꺼움으로 산은 나를 압박하고 계곡은 가파름으로 나를 위협했다.

산과 산, 그 틈새와 끝자락에 안간힘으로 버티고 있는 인간의 거처는 늘 서늘했다. 길은 오직 시간을 위해 수평과 직선을 요구했고 길은 터널과 교량으로 응답했다. 풍경은 소화되지 못하고 거북해했다. 남으로 가는, 김제에서 익산을 잇는 서해 들판은 막막하다. 그 들에 서서 석양을 대하면 세상에 혼자라는 사실이 벼락치듯 엄습했다. 들은 다만 들로 무관심하다는 것, 서해로 서해로 쓸려가다 종당에는 수평으로 무화되고 마는 현실이 사실로 다가온다.

제주의 길은 무게와 두께로 숨막히게 하는 것도 가득한 수평으로 아득해지는 것도 없다. 비스듬히 오르고 내려앉은 구릉과 낮은 들, 중간중간 나타나는 오름의 모습이 눈을 편하게 한다. 야트막한 언덕이 슬그머니 길을 닫고 살그머니 길을 열어 이끈다. 붙잡지도 않지만 놓아주지도 않는다. 모처럼 눈이 편해지자 육신이 편하고 편하다.

한적한, 전혀 관광지답지 않은, 집집마다 거무튀튀한 돌로 담을 쌓아 바람벽을 세운 마을에 도착했다. 멀끔한 현대식 가옥도 두서넛 보인다. 우리 숙소는 돌로 지은 키 낮은 작은 민박집이다. 대문께부터 현관까지 어깨 높이 돌담이 슬쩍 휘어가며 골목길(올레라고 한다)을 만들고 안내한다. 그 짧은 골목길이 무엇이라고 해야 할까. 주인 대신 맞는다는, 진심으로 잘 오셨다는 표정인 것만 같다. 아내가 현관 앞에서 전화로 잠금장치 비밀번호를 묻고 있는 현실을 슬그머니 용서되도록 만든다. 벌써 모기가 있다. 집안은 말끔했으나 환기되지 않은 탓에 퀴퀴한 냄새가 났다. 민박집을 나와 5분여를 달리자 바다는 눈앞이다.

'노을해안도로'는 한가했다. 아내는 비행기에서부터 지금처럼 구름 한 점 없는 하늘이 지속되기를, 그래서 깨끗하게 아무런 망설임도 없이 바다로 들어가는 일몰을 볼 수 있기를 간절해했다. 남쪽바다는 엷은 바람과 파란 하늘 아래 갯냄새에 자불고 있다. 아주 천천히 아주 느리게 서행해도 뒤를 쫓아대는 차가 없다는 사실이 생경스러웠다. 이 생경스럽다는 감각 속에 아내와 나의 쫓기듯 살아온 삶의 현실태가, 부침이 놓였을 터이다. 기어코 감사하는 마음을 지켜가는 사람은 아름답다. 나는 제주해안에서 이 사실을 현실로 되새기고 있다.

눈앞에 차귀도가 보이는 해안가에 차를 세웠다. 머잖아 일몰은 고요하게 시작될 것이다. 해안은 단조롭고 파도는 거무튀튀한 돌에 끊임없이 부딪히고 흩어진다. 끝내 다시 밀려나고 있다. 우리네 삶은 그렇게 살아져왔다. 파도처럼 시간은 오간다. 여태 구름 한 점 없던 하늘에 느닷없는 구름이 생겨나고 아내의 기대가 어긋나듯 그랬을 것이다. 노을은 아쉬운 탄식과 함께 흑적색으로 가라앉았다. 어둠은 금방 바다를 덮었다.

마을길을 걸으며 이른 아침을 보고 있다. 맑음과 밝음, 고요가 서로를 깨우며 일으켜 세운다. 돌담의 검은 돌은 습한 물기를 머금었다. 돌담은 어깨에 못미처 집안을 있는 그대로 드러내보인다. 그 스스럼없음이 어색하게 만든다. 담을 이룬 돌과 그 돌들 사이는 햇빛도 바람도 스스럼없이 드나들고 있는 것, 누구의 시선도 막지 않는다는 것, 여기도 저기도 똑같은 거무튀튀한 돌, 같은 생김, 같은 높이라는 것, 그것들이 도무지 담장같지 않다는, 담장 노릇을 모르는, 그래도 담을 이루고 있다는 태연함이, 실은 내가 아는 담장과 다른 것이 무안하다. 담장은 물리적 경계이자 높고 낮은 차이와 한계영역이라는 것, 돌과 벽돌의 완강함, 그 위에 철망이 놓여도 눈에 설지 않는다는 것, 그것을 당연한 것으로 여겨온 신경이 무색한 것이다.

돌담 거무튀튀한 현무암의 패인 곳, 돌과 돌 사이, 모래 알갱이 몇 개에 불과한 흙에서 다육이의 잎은 간난아이 손처럼 포동포동했다.

마을은 천천히 숨을 내쉬며 깨어나고 있다. 이상하지만 마을의 키 낮은 지붕들과 어깨에 겨우 미치는 돌담에서 지금 나는 세상이 평평하다는 생각에 빠져들고 있다. 이 고요한 아침을 감사하고 있다.

내비게이션은 못마땅하기도 하고 기특하기도 하다. 초행의 여행객을 정확성과 세밀성으로 안내하는 한편, 포획하여 조종하고 지시한다. 우리는 그 양가성이 거북하지만 거부하지 못한다. 일방의 소통이 주는 불쾌보다 혜택이 큰 때문이다. 오늘 우리는 내비의 말을 듣지 않기로 작정했다. 제주는 동에서 서로의 횡단은 실컷해야 두 시간 안쪽이라는 얄팍한 타산이 부추겼다. 내비 도움 없이 무작정 다닌다는 것은 무슨 맛일까. 시작부터 망연하고 난감하다. 한라산을 등대삼기로 했다.

한라산을 향해 가는데 초지에 말이 있었다. 차에서 내려 바라보고 있자 짙은 적색의 말이 천천히 걸어왔다. 말은 내가 알고 있던 말의 형상과는 같으나 달랐다. 경주마처럼 일촉즉발의 근육을 긴장하고 있는 것도 아니고 기병대의 말처럼 늘씬해 보이지 않았다. 몽골 초원을 먼지 일으키며 질주하는 수천 마리의 무리를 벗어난 외로운 기색도 없다. 인간의 고삐에 거품을 흘리는 것도 아니다. 그녀석은 다만 말의 모습으로 한가했고 풀을 뜯고 천천히 걸었다. 가축으로 전전긍긍하는 것도 아니고 가축과 무관하게 짐승으로 짐승 냄새를 풍겼다. 내게 익숙한 말의 형상은 말의 것이 아니고 인간의 것에 불과하다 한다. 말의 한가함과 무관함은 전염되는가, 나도 아내도 한가했고 무엇과도 무관해졌다.

5·16도로를 들어서자 고요하게 가느다란 비가 내리기 시작한다. 늘어선 삼나무들은 이제 막 기지개를 켜고 근육을 풀었는가 싶다. 세면한 물 묻은 얼굴이다. 정보수라는 사람도 저 삼나무 중의 하나를 심었는지도 모른다. 중년에 만난 그는 소주를 잔으로 마시지 않았다. 국그릇으로 잔을 삼았다. 십여 그릇을 들이키고야 비로소 잔의 속도를 줄였다. 그는 5·16군사정권이 시행한 사회정화운동에 깡패로 붙잡혀 제주도로 실려갔다. 그리고 무장군인들 감시 속에 한라산을 횡단하는 5·16도로를 뚫는 노동에 강제 투입되었다. 작업 중 백 년인지 이백 년인지 모를 더덕을 캤고 뿌리와 그 안에 고인 쓰고 단물을 모두 먹어치웠다. 입안이 세 번 허물을 벗었고 술을 먹어도 취할 줄 모르는 위대한(?) 위장을 지니게 되었다.

길은 깊은 풍경과 평안을 준다. 어느 곳이든 어떤 것이든 흑역사는 있게 마련이다. 우리는 현재에 충실하라는 언명에 잘 길들여져 있다. 현재는 과정이 삭제된 채 결과에 순응되어 있는 것의 다른 모습이다. 그리고 우리는 현재를 즐거이 향유하는 데 습관화되어 있다. 그래, 결과에 치인 과정은 역사가의 재배치거나 문학의 시선에서만 식은땀을 흘리며 자맥질로 남는다. 발 아래 서귀포가 내려다보이는 길가에 커피와 토스트를 파는 트럭이 있었다. 비와 커피와 낯선 곳에서 아무런 계획도 없는 시간이 서귀포 앞바다를 내려다보고 있다.

제주는 뭍과 다르다. 6월이면 모내기를 끝낸 논이 한 자락쯤은 있어 주어야 하는데 없다. 산자락 보기 좋은 곳에 둥그런 묘 하나쯤은 보여야 하고 층을 이룬 다랑이밭이 보여야 하는데 여기는 없다. 뭍이라면 사방에 보이는 것들이다. 뭍의 마을에 꼭 한두 채는 있는 위세를 앞세운 소슬대문도 보이지 않는다. 내가 머무는 성굴마을 옛 집들은 거개가 대문이 없다. 대신 반듯이 본채로 향하는 짧은 골목길(올레)이 반달처럼 굽어 있다. 뭍에서는 분명 대문이 있을 곳에 허리께 크기의 돌이 출입구 양쪽에 서 있을 뿐이다. 뼘 반 차이로 구멍이 세 개가 뚫려 있다. 성읍민속촌을 가서야 귀동냥을 했다. 뚫려 있는 구멍은 손목 굵기 통나무를 가로질러 말이 밖으로 함부로 나가는 것을 막아주는 것이고, 구멍 세 개 모두에 통나무를 걸치면 2~3개월의 외지 출타를 의미하고, 두 개를 끼워놓으면 1~2주 근행을 말하고, 하나만 끼우면 마을에 있다는 뜻이라고 한다. 띠풀로 굵은 새끼를 꼬는 공동작업을 하던, 제주를 한번도 벗어나본 적이 없다고 푸념하는 아주머니의 설명이다.

작업은 다섯 사람이 한 조를 이루고 있다. 두 사람은 팔八 자 형태로 사이를 벌리며 새끼가 꼬아지도록 줄을 바람개비(작은 기구)처럼 돌리며 계속해서 끌고 나간다. 뒤쪽 한 사람은 열심히 띠풀을 네모진 기구 속에 밀어넣고 두 사람은 띠풀을 다듬고 추려내어 뒤를 대는 작업에 열중한다. 지금 꼬는 줄로 띠풀로 이은 지붕을 묶는다. 바람개비처럼 돌리며 줄을 끌고 나가는 두 분 아주머니는 노래를 한다. 소리가 청아하다. 힘들어 보이지만 어쩐지 재미있다는 표정이다. 우리가 잊어버린, 우리라는 공동체가 각자 사용되는 물건을 서로 손을 빌려가며 만들어내는 과정의 흥겨움을 보고 있다. 오늘의 경제학자들은 인간의 노동을 다만 내가 생산한 물건이 누군가 효용으로 사용되는 결과만으로 이해하는 편리한 사람들이다. 과정이 주는 활력과 협력이 주는 상쾌함, 성취욕 발견은 그들에게는 불필요한 논외의 영역이다. 삶이 외로워지는 이유라면 너무 무책임한 건가.

제주濟州는 한자어 그대로 '물을 건너고서야 만날 수 있는 고을'이다. 돌 많고 비바람 억세고. 삶은 내가 말할 수 없다. 논은 보이지 않고, 밭은 돌담(밭담)으로 쌓였고, 바다는 어쩔 수 없는 터전이었을 삶에 어떻게 삶을 말할 수 있을 것인가. 밭담은 캐도 캐도 나오는 돌을 처리하기 위한 노동이다. 물질은 숨비에 목숨을 맡기는 운명이고 비와 바람은 텅 빈 동서남북 사위에서 함부로 할퀴어댄다. 그래, 뭍이라면 위로 자랄 관목조차 옆으로 펴져야 했다. 지붕은 한껏 낮춰야 했고 동아줄 같은 새끼줄로 얽어맸다. 마을마다 신당神堂의 할망과 신목神木의 위안은 필연일 터다. 그 삶이 세계유네스코 유산이다.

유일 신앙에 유일신 형상은 없다. 다만 말씀으로 영혼을 위로하고 안식처로 삼게 만든다. 우리는 그것으로 충분해한다. 누구에게나 그런 어떤 장소는 있다. 하등 조금도 다를 것이 없지만 그에게만은 특별한 곳이다. 나에게는 시골 본가 남쪽으로 문이 난 격자무늬 모퉁이 작은방이 그랬다. 한지를 투과한 여린 빛이 가만히 멈추는 앉은뱅이책상이 있었다. 문을 열면 토방에 겨울 햇살이 눈부셨다. 바람이 이는 날이면 댓잎이 싸륵 쏴아 울었다. 제주는 우리 모두에게 그런 곳일 수 있다. 그러니 개발이네 복원입네 하지 말자. 그냥 냅두자. 산담(묘를 감싸게 두른 돌담)으로 죽은 자를 모시는 자세를 그대로 두자. 육지의 산은 겹을 이룬 두꺼움으로 두텁다. 제주 한라는 다만 홀로 된 두꺼움으로 두텁고 두터웠다.

후기 : 적어두고 싶었고 가능하다면 기행문이 아닌 기행수필을 쓰고 싶었지만 멀고 멀다. 제주 한라산은 홀로 두터웠다. 두꺼움은 형상形象을 말하고 두터움은 형태形態를 의미할 것이다. 상象은 외형의 것이고 태態는 내면의 것일게다. 내면이 아니면 원래의 것에 마음 심心 자를 합했을 리가 없다. 아마도 기행문은 형상에 가깝고 기행수필은 형태에 가까운 것은 아닌가 생각하기도 한다. 내식의 해석이다. 한라산은 내게 두께가 아니고 두터움으로 다가왔다. 특별한 느낌이었다.

누구였을까

'참'이라는 말은 아무래도 순전한 우리말이다. '참'은 중국 한자어에서 들어와 토착화된 관념어들과는 다르게 우리 심성에 기댄다. 외래어가 제아무리 토착화되었을망정 내 땅의 영육에서 우러나는 자연발생적인 표현과 친화력을 갖기는 어렵다. 무형의 음절 하나가 구체화된 형상을 보듯 서로 통하는 것은 누천년 삶에 기대어 생겨나고야 가능하다. '참'은 참나무 참새 참사랑 참숯 참말 참조기 참사람처럼 하나의 말 앞자리에 놓여 뒤에 오는 말을 일으켜 세운다.

사람이라는 말 앞에 '참'이 붙어 있는 사람은 까닭 없이 좋다. 참나무도 그런다. 소나무 밤나무 벚꽃나무 같은 고유한 호칭에서 오는 감정보다 이유 없이 편해진다. 참나무는 소나무 밤나무 벚꽃나무들과는 성장 방식이 달라서인지도 모른다. 소나무 밤나무들은 성장하는 만큼 겉껍질을 터뜨려 몸에서 떼어낸다. 키가 커지고 둘레가 불어나면서 목피를 허물벗듯 벗어낸다. 손으로 만지면 쉽게 떼어지고 부스러진다. 참나무는 목피를 꽁꽁 붙들어 함께 커간다. 목피의 골은 깊어지고 돌덩이보다 더 단단해진다. 손으로 만지면 참지고 단단함이 야무지게 달겨든다. 소나무 밤나무 벚꽃나무들은 기왕의 목피를 버리면서 키를 키우고 둘레를 키우지만 참나무는 반대로 옹골차게 지키면서 함께 큰다.

소나무는 기름져서 화력이 좋다. 불이 오래 천천히 타지 않고 연기가 난다. 밤나무와 벚꽃나무는 성질이 메마른 탓에 불도 잘 붙지 않고 불탐도 좋지 못하고 저절로 꺼져버리기도 한다. 참나무는 불살이 세면서도 천천히 오래 타고 연기가 나지 않는다. 단단하고 찰진 성질 때문이다. 소나무는 당당하고 사철 푸르다. 참나무는 당당하지도 않고 늘 푸르지도 않다. 그래도 나무의 본성을 눈여긴 사람 하나 있어 나무 앞에 '참' 자를 놓아 참나무의 미덕을 애써 표했다. 그는 눈이 밝고 심성이 맑은 '참사람'이었을 터다. 참나무열매 도토리는 도토리묵이 되어준다. 핍진한 가난시절에 얼마나한 다행이었을까.

비둘기와 참새는 인간의 생활공간에 가장 근접해 산다. 먹이를 주면 비둘기는 덩치 큰 녀석이 꾹꾹거리며 작은 녀석들을 쫓아내고 혼자 주워먹는다. 작은 놈들은 쫓겨가며 눈치껏 주워먹는다. 무엇이 그 녀석들을 평화의 상징으로 삼았는지 도무지 모를 일이다. 참새는 두 녀석이 먹이를 발견하면 몇 번 주워먹다 한 녀석이 어디론가 포르릉 날아간다. 조금 있으면 네댓 마리가 무리지어 온다. 또 그중 한 녀석이 날아가고 또 다른 무리를 끌고 온다. 동무를 달고 온다. 먹이를 주워먹는 모습을 보면 한눈에 보인다. 작고 이쁜 데라고는 별로 없는 작은 새에게 처음으로 '참새'라고 이름 불러준 속 깊은 사람은 누구였을까.

9월에는

9월에는 가을이 알음알음 물으며 어디쯤 오고 있는지를 알겠다. 웬만큼 이력이 붙어 슬쩍 무심해질 때가 됨직한데도 가을이 오는 작은 꼬물거림에도 흠칫한다. 9월은 정오의 뙤약볕에도 가을을 숨기고 있다. 한낮의 땡볕은 따갑지만 도시 건물이 만든 그늘은 이미 어두운 기색이 분명해진다. 가을이 숨었다.

오늘도 몇 줄의 글을 억지로 구색을 맞추었다. 가끔씩 눈이 찌르듯 하고 관자놀이가 욱신거리기도 하지만 금주 내내 읽고 있던 책을 한 권은 끝냈다. 주섬주섬 가방을 챙기고 남은 책 두 권은 사서에게 건네주고 돌아선다. 여러 모로 기꺼운 도움을 주는 사서는 내가 매우 고마워하는 것을 아는지 모르겠다. 그의 직업의식과 나의 고마움은 목례와 돌아서는 어디쯤에 멈추어 있다. 해가 바뀌어 인사이동이 되면 새로운 관계들에 오늘의 목례는 묻혀갈 것이다.

도서관을 나서 지하철을 타러 가는 길은 퇴근하여 귀가하는 인파와 거슬러 비껴가는 모양새다. 마주 오는 사람 사이를 요령껏 빠져나가야 한다. 9월도 중순이 지나고 나면 오후 7시는 이미 으스름이 성큼 다가와 있다. 으스름 짙어가는 길을 걸으며 때로는 시인을 생각한다. 세상이 욕됨을 토해내듯 시를 게워내야 하는 천형을 앓는 시인을 생각한다. 나의 하루가 시인이었으면 덜 부끄러울 것이다.

지하철역 광장은 이제 막 도착한 전철에서 개찰구를 빠져나오는 잰걸음의 귀가 인파로 가득하다. 개찰구로 향하는 나는 산란을 위해 강을 거슬러올라가는 연어의 꼬리질이 떠올려지고는 한다. 알래스카의 차가운 강물을 생각하는데 느닷없는 청아하고 맑은 소리가 지하광장을 울린다.

"엄~마 엄마." 개찰구를 물밀듯 쏟아져 나오는 퇴근 인파를 향해 아이의 맑은 소리가 울렸다. 맑은 목소리는 머뭇거림도 없다. 초로의 아낙 손에 서너 살쯤의 여아가 매달려 있고 대여섯쯤의 사내아이가 막 내달으려는 참이다. 사내아이가 "엄마" 하고 내닫자 할머니의 손끝에 매달려 있던 여아의 다급해진 모습이 역력하다. 설마, 퇴근하는 엄마를 마중하는 아이들과 할머니가 있으리라고는….

세상이 잠시만 맑고 청아한 '엄~마' 하는 소리와 서두르는 작은 여아의 동동치는 걸음에 내가 멈추고 말았듯이 녹아들었으면 좋겠다. 잠시만 허둥대었으면 좋겠다.

부르주아에 대한 단상

나는 '부르주아' 운운하면 원통형의 검고 긴 모자, 프록코트, 회중 시계를 들고 있는 장갑 낀 손이 떠오른다. 거기에 지팡이를 쥐었다거나 외눈안경을 한쪽에만 걸치고 있는 서구인이 연상된다. 서양 역사책이나 서양 문명에 관한 책에 그려진 삽화 영향이다. 일반 민중 모습이 아닌 것은 분명하다. 부르주아가 기꺼이 끼어들고 싶어 하는 상류층일 수도 있다. 프롤레타리아라는 대칭어가 붉은 색 이미지와 함께 스멀거리기도 한다.

내가 아는 부르주아라는 말의 어원은 성 안에 사는 사람을 뜻하는 라틴어 부르그brugus에서 온 것으로 안다. 그에 반해 프롤레타리아는 국가에 세금을 낼 수 없는 가난한 계층, 세금 대신 아이를 많이 낳아 국가에 기여해야 하는 하층민에서 온 것으로 알고 있다. 이미 역사 뒤쪽으로 물러난 냉전이데올로기의 학문적 이론정리도 떠오른다. 진즉에 빛바랜 이데올로기에 저당잡혀 생사의 생존경쟁을 무슨 신앙처럼 아직도 염불 외우듯 하는 우리네 한반도의 고단한 처지도 떠오른다. 부르주아는 중세 유럽 귀족과 성직자에 대하여 제3계급을 형성한 상공업을 주로 하는 중산층 시민계급을 지칭한다. 성직자와 귀족, 하층민(농민, 상공인) 사이에 위치한다. 여기에서 생겨난 근대 자본가계급에 속하는 사람을 일컫는다. 부르주아 사전적 정의다.

오래된 것은 대부분 나름의 존재에 걸맞는 아름다움과 품위를 지닌다. 세월이 안겨준 훈장이라고 해도 좋고 혹은 제 스스로 가치를 세워 세월과 세태를 지탱시켜온 탓이라고 해도 좋다. 사물이든 무형의 유산이든 오래 지탱되어진 나름의 가치를 갈무리하고 있다. 시대를 초월하는 것들이기도 하다. 부르주아라는 말과 그 계급이 지닌 덕목, 지녀야 할 미덕도 그럴 것이다. 인류문명을 지탱하는 사상과 제도, 민주와 자본주의도 마찬가지다.

부르주아는 한반도 역사에서 생경스러운 언어이고 계급이다. 근대 식민지시대를 거치며 비로소 등장한다. 그러니까 서구처럼 계급의식을 만들어 자각하거나 생겨날 환경을 거치지 못했다. 서구 중세 국가나 도시에서 형성되고 자신들 권익을 구체적인 법과 제도 구현으로 확보, 확장시키려는 욕망의 거칠고 오랜 시행착오 과정이 없다. 그래서일까 오늘 우리 사회의 부르주아에는 품위가 없다.

부르주아가 탄생하기 시작한 중세시대 문명은 분명 하나의 방향을 가리키는 중이었다. 인쇄술 발전으로 책을 손쉽게 발간하고 성경을 라틴어가 아닌 자국어로 번역해냈다. 그로 인해 성직자를 거치지 않고 스스로 읽어내고 생각하게 된 것이 종교개혁을 가져온다. 종교개혁을 거친 사상과 지식 해방은 새로운 계몽사상과 산업사회를 만들며 스스로도 가늠할 수 없는 변화의 상승작용을 일으킨다. 대표적인 프랑스혁명(1789년 7월 14일)은 성직자와 귀족계급의 특권과 무한소유에, 손과 발 노릇을 하던 민중계급 불만과 상공업을 수단으로 부를 쌓은 부르주아계급이 자신들 소유를 지키고 확장시키려는 의욕에서 출발했다.

실은 프랑스혁명은 부르주아의 권익확보를 노린 기회주의에 맥이 닿아 있다. 실제로 부르주아들은 어제까지도 혁명의 한편이었던 농민과 도시민중을 '반혁명'으로 진압할 것인지 아니면 그들의 요구를 수용할 것인지를 놓고 중대한 선택의 기로에 서기도 했다. 농민과 상공인이 '자유와 평등 그리고 우애'의 잔치에 자신들이 들어설 자리가 없다는 것을 알고 영주의 장원을 파괴하고 문서를 불사르는 등의 폭동에 빠졌기 때문이다. 결과적으로 국경 방어와 토벌을 위해 나간 상비군을 질서를 위해 불러들였을 때 총부리를 자신들에게 돌릴 경우, 기왕의 얻은 것마저 잃어버릴 위험 때문에 국민의회(부르주아)는 귀족과 성직자 특권(봉건제도)을 폐지하기로 결정한다. 목숨이 오가는 혁명 와중에도 부르주아 손익계산은 맹렬했던 셈이다. 혁명은 수많은 시행착오를 거치며 비로소 오늘의 자유와 인권을 자리잡게 했다. 그리고 민주와 자본주의라는 언어에 오래된 것들이 가진 아름다움을 각인시켜갈 수 있도록 만들었다.

오늘 우리 사회는 부르주아라는 말을 사용하면 요주의 인물, 뿔이 달렸거나 빨갱이로 인식이 굳어버린 세월을 지나왔고 지금도 한편으로 의심스러워하는 것에 익숙하다. 하지만 우리는 분명한 부르주아계급이 엄연하게 존재한다. 세칭 '금수저'라고 하는 재벌과 '아빠찬스'라는 기묘한 언어가 대변하는 사회상류층이다.

서구 부르주아는 역사적 역할을 알았든 아니면 이익추구 탓에 불과했든 자신들의 사회적 덕목, 공동체에 대한 책임과 의무와 헌신의 질서를 자성과 함께 세웠다. 아쉽게도 우리에게는 서구부르주아가 거친 자존과 자긍을 위한 과정이 없었다. 단지 서구부르주아가 신장시켜놓은 소유와 권익의 결과물만을 받아들였다. 압축된 결과물만 취하므로 책임과 의무, 헌신이 도외시된 세칭 '갑질'과 '아빠 찬스'라는 질 낮은 모습으로 우리 곁에 왔다.

정말 아쉽게도 문명과 제도는 손쉽게 이식되지만 그 제도를 떠받치고 있는 철학과 사상을 체화시키는 것은 매우 어렵다. 사상과 관습은 오랜 세대를 거쳐 형성되기 때문이다. 숙성시킬 시간이 요구된다. 결국 제도의 이식은 겉치레 모방이 본질의 것인 양 착각에 빠지게 하거나 타성에 흐를 위험이 상존한다. 새로 탄생한 '금수저'와 '갑질'이라는 언어가 세태의 단면을 보여주고 있다.

그들은 항상 현재의 권력, 그것이 부정한 짓으로 탄생했든 부패하고 부도덕한 권력이든 명시적이든 묵시적이든 항상 권력 편이었다. 권력 반대편에 설 용기를 내보지 못함으로 권력의 동업자로서 이익을 얻어왔지만 존재에 대한 자긍과 명예를 대가로 잃었다. 그리고 규범이 없는 가난한 마음은 '갑질'과 분에 넘치는 향락으로 스스로를 위로해야 했는지도 모른다. 한반도의 환경이 거기에 안주해도 무방한 국가존망이라는 이데올로기로 아직도 냉전의 방벽국가로 자리매김하고 있고 언제든 국가이성(국가는 자기 목적적 존재로서 국가의 유지 강화만을 최고의 원리로 하여 행동한다는 개념. 국가의 활동은 도덕이나 법의 구속을 받는 일 없이 그 자체의 생존의 편리에 의하여 모든 것을 결정한다고 하는 정치학용어)이라는 목소리를 담아 현재와 같은 사회구조를 아무 의심 없이 재생산할 수 있는 구조에 머물러 있기 때문이다.

오늘의 '금수저'와 '갑질'이라는 부르주아 행태는 결국 우리 시대가 만들어놓은 문화산물임이 분명하다. 그들의 모습이 곧 우리 모습이다. 그러니 누구를 탓할 것인가. 그래서 우리의 처지가 어떤 것이든 우리는 그들을 포기해서도 안 되고 포기할 수도 없다. "당신이 슬픔이나 회한 같은 걸 하나도 지니지 않은 여자였다면 이토록 사랑하지는 않았을 겁니다. 나는 발을 헛디뎌 보지 않은 사람은 사랑하지 않습니다." 오늘 보리스 파스테르나크의 『닥터 지바고』 속 라라에게 보낸 고백에서 위로받고 있다.

제5장
변명

수필의 변辯

세상 모든 어버이들 어깨는 처지고 등은 굽었다. 생을 건너는 몸을 받치고 곧추세워주어야 하는 척추가 있는 탓이다. 척추 없는 삶이었다면 허리 휘어지고 어깨 처질 일은 없다. 흘러내리는 허리띠를 동여매기 위해서 척추는 필요하다. 위태위태하고 때로는 난폭하기까지 한 세상을 건너기 위해서 척추는 있어야만 한다.

세상 어버이들의 처지고 굽어진 뒷모습이 무능 때문만은 아니다. 한생이 일직선으로 쭉 뻗어 있는 것은 아니다. 경인운하처럼 반듯한 물길처럼 살아지는 것은 아니다. 백두대간 산과 들의 생김에 따라 이리 돌고 저리 휘어 흘러가는 강물처럼 산다. 그 굽고 휘돌아가는 삶을 견디기 위해서 등은 굽었다. 먼지나는 신작로에 서고 칠 벗겨진 허름한 자전거의 페달을 밟기 위해, 낡은 가방을 메기 위해서 척추는 있어주어야 한다.

때로는 부끄러운 억지로 떼를 써야 했고 실없고 갈데없는 사람처럼 웃기 위해서, 자신의 비겁과 소심한 생활주의자의 시큼한 땀 냄새 비린내 풍기는 모습을 견디기 위해서도, 순간순간 무너지려는 자신을 바로세우기 위해서 척추는 있어야 한다. 한잔 술로 위로하기 위해서도 필요하다. 무엇보다 뒷모습을 남기기 위해서 어버이들에게 척추는 있어야 했다. 진실은 육신에 남는 다. 한생이 시처럼 살아지는 것은 아니다. 소설처럼 살아지는 것도 아니다. 치밀하게 결정된 모습으로 살아지는 것은 결코 아니다.

생은 허리 휘어가며 다리 굽어가며 혼잣소리로 욕하고 부끄러워하면서 작은 욕심을 태산처럼 여기며 사는 거지. 봄 여름 가을 겨울 타박자박 가는 거지. 그래 여울물 같은 생을 적는 것은 수필이 제격이지. 세상 어버이들 삶이 수필이기 때문이지. 생이 시처럼 뜨겁고 깊고 높게 진리를 찾는 투사로 이루어졌거나 소설처럼 필연이거나 명료한 이성을 앞세우는 파수꾼은 아니지. 그래 수필로 쓰여야 하지. 수필로 고해할 수밖에 없는 것이지.

문학 이야기, 묘사

글은 장르에 따라 각기 다른 층위의 글쓰기가 요구된다. 글의 목적에 맞는 형식과 구조를 충족시켜야 하기 때문이다. 논문을 산문 쓰듯 할 수 없듯, 산문 역시 논문 쓰듯 할 수는 없다. 논문은 정확한 예증 논지를 앞세워 주제를 확립시킨다. 칼럼은 해박한 지식을 활용해 세계의 인정물태를 해석하여 우리 의식에 일침을 가한다. 문학은 여타 장르의 글이 갖춰야 하는 미덕을 포함하겠지만 단연 독자에게 감동을 주는 것이어야 한다. 감동은 감정이 출렁이는 것이다. 블랑쇼가 "독서란 격리된 공간에서 눈에 보이지 않는 파트너와 함께 추는 춤, 즐겁고 열광적인 춤이다"라고 한 데서도 그것을 엿볼 수 있다.

우리(수필작가)는 글을 창작할 뿐만 아니라 다른 작가의 작품을 읽는 독자이기도 하다. 다른 사람의 글을 접하고 흡수하면서 자신의 글세계를 다지고 넓혀간다. 들뢰즈가 철학이란 '개념'의 창조라고 말하면서 "나 또한 여러 철학자와 교접함으로써 기이한 아이들을 계속 만들어 왔다"라고 언명한 것에서 충분히 설명되고 있다. 우리는 어떤 작품에서는 깊은 감동을 받기도 하지만 어느 작품에서는 작가의 노고에 비해 별다른 감흥을 느끼지 못하기도 한다.

이상한 일이지만 확립된 주제, 어김없는 전개, 틀림없는 문장, 어느 것 하나 빠짐없이 단정하고 흠잡을 데 없는 작품을 읽으면서 '아! 정말 글 잘 썼다'는 분명한 느낌은 오는데 가슴이 부풀어지거나 무언가 다가오지 않는 글이 있다. 작품이 자신의 기질이나 관점, 구하는바와 달라서일 수도 있다.

> 창문이 모두 닫혀 있었다. 판자 틈으로 햇볕이 들어와 돌바닥 위에 가느다란 선을 그리고, 그 빛이 가구 모서리에 닿으면서 부서져 천장에서 흔들리고 있었다. 식탁 위에서는 파리들이 마시다 만 유리잔을 따라 기어올라가기도 하고 사과 주스에 빠져 날개를 붕붕대기도 했다. 굴뚝에서 비쳐 내리는 광선은 난로 뚜껑에 낀 그을음을 우단처럼 보이게 하고 식어버린 재를 파란 색으로 보이게 했다. 엠마는 창과 벽난로 사이에 앉아 바느질을 하고 있었다. 목도리를 하지 않고 있었기 때문에 드러난 어깨에 작은 땀방울 맺힌 것이 보였다.
>
> (중략)
>
> 엠마는 다시 자리에 앉아 흰 목양말을 깁기 시작했다. 그녀는 고개를 숙인 채 아무 말 없이 그 일을 계속했다. 샤를르도 묵묵히 앉아 있

었다. 문 밑으로 바람이 스며들어와 먼지가 쓸려갔다. 샤를르는 눈으로 그 먼지의 움직임을 쫓고 있었다. 그의 귀에는 머릿속에서 쿵쾅대는 고동 소리와 멀리 마당에서 알을 낳는 암탉의 울음소리만 들릴 뿐이었다.

— 플로베르의 『보바리 부인』 39쪽, 밀레니엄 북스

플로베르의 『보바리 부인』에서 빌려왔다. 작은 읍내 의사인 샤를르가 얼마 전 다리골절을 치료해주었던 부유한 시골 농장주인 환자 루올의 집을 방문하고 루올의 딸인 엠마와 거실에 앉아 있는 장면 묘사다. 샤를르의 엠마에 대한 감정이 배경 묘사와 함께 주변상황을 빌려 표현되고 있다. 묵묵히 앉아 있음은 그가 고지식하고 규범에 충실한 인물임을 떠올리게 한다. 문 밑으로 바람이 스며들어와 먼지를 쓸어가는 모습을 보고만 있다는 것 하며, 귀에는 쿵쾅대는 고동 소리와 암탉의 울음소리만 들릴 뿐이라는 표현은 감정의 흐름과 깊이를 드러내준다. 플로베르는 인물의 성격과 심리를 주변 상황묘사를 통해 그려내고 있다.

플로베르의 글은 상대에 대한 깊은 감정이 서술된 곳이 없다. 그러나 독자인 우리는 샤를르가 가진 마음을 세세하게 서술한 글보다 강렬하게 느낀다. 독자 자신이 겪거나 기대하는 청춘의 곡절과 애상이 무의식 중에 덧씌어 명멸한다. 상황을 설명하고 심리를 서술한 것에 비교할 수 없는 정서를 일으킨다.

우리는 신의 모습을 본 적이 없고 육성을 들은 적이 없다. 다만 '태초에 말씀이 있었다'라고 전해 들었을 뿐이다. 어쩌면 확인되지 않은 불명료한 신의 종처 때문에 신은 무한과 무궁의 능력으로 인식되는지도 모른다. 눈으로 보고 귀로 육성을 들었다면 우리는 신에 대해 시각과 청각이 한정시킨 신의 모습을 떠올릴 것이다. 다만 말씀으로 전해들었다는 불명료성이 오히려 성가대의 황홀한 노래와 장중한 의전, 성스러운 조각물과 하늘을 향한 첨탑을 세워 신과 숭고한 신앙을 발현시킨다. 혹시 산문의 경우도 그런 것은 아닐까. 명백하지 않은 채로 암전되는 묘사가 상상을 동행시켜 감흥을 일으키게 하는 것은 아닐까.

사람들은 돈이 많은 미혼남자는 당연히 신부감을 찾고 있을 거라고 믿는다. 이런 믿음은 사람들의 마음속에 보편적인 진리처럼 단단히 자리잡고 있어서, 그런 남자가 이웃으로 이사라도 오게 되면 딸을 가진 집에서는 본인의 감정이나 의사와는 상관없이 마음대로 그 남자를 자기 딸에게 적당한 배필감으로 점찍는다.

"여보 소식 들었어요? 드디어 네더필드 파크에 세 들 사람이 나섰대요." 베넷 부인이 호들갑스레 말했다. "아니 난 처음 듣는 얘긴데." "조금 전에 롱 부인이 왔었어요. 그런데 세 들어올 사람이 누군지 아세요?" 베넷 부인은 남편이 아무런 대꾸도 하지 않자 잔득 조바심이 난 표정이었다.

— 제인 오스틴의 『오만과 편견』 도입부 9쪽, 미르북컴퍼니

첫 문장 출발부터 의식이 도도하다. 『보바리 부인』이 처해진 상황 묘사에 감전되듯 따라나서게 한다면, 『오만과 편견』은 어떤 정신의 긴장과 속박을 느끼게 한다. 대화를 주도하는 베넷 부인과 침묵으로 대답하는 남편 태도가 흘려지는 가운데 사랑과 결혼에 대해 세속적인 인식이 있고, 그런 세속성에 반감을 가진 작가의식이 만만치 않게 도발되고 있다. "베넷 부인은 남편이 아무런 대꾸도 하지 않자 잔득 조바심이 난 표정이었다"는 표현 속에는 두 사람에게 서로 다른 의식이 도사리고 있음을 암시한다. 그것은 곧 작품 주제(사랑과 결혼에 대한 가치관)이다. 소설이 감성적이기보다 논리적 성격이 될 것이라는 점이 자연스레 드러난다. 가치관에 대한 전개가 등장인물들 행동을 빌려 확장되고 서정에 의하기보다 서사와 대화에서 작품 주제가 부각될 것이란 점도 은연중 드러나고 있다. 『오만과 편견』은 정서에 의존하는 산문세계를 일언지하에 거절한 것만 같다. 대신 주제의 논리적 단정들이 등장인물들 관계에서 사건으로 발화될 것을 보여준다.

산문에서 등장인물 성격을 세우고 주제를 확장 전개시켜주도록 하는 서사 확립이 무엇보다 중요한 것은 분명하다. 이상한 것은 그것들이 명백하고 확고하게 서술 설명되었을 때 오히려 감정이 쉽게 고양되지 않는다. 이해에 멈추고 만다. 성격을 세우고 주제 전개가

명백하다 해도 명료함에 숨은 어떤 복합적인 정서가 함께 움직여야 한다. 두 작품에서 보듯 직접적인 설명이나 서술적 표현보다 문맥에 투영시킨 함축이 독자의 정서가 따라나서게 하고 감응이 일어나도록 하는 것을 보여준다.

『보바리 부인』과 『오만과 편견』은 프랑스의 귀스타브 플로베르와 영국인 제인 오스틴의 작품이다. 읽다보면 문득 프랑스인과 영국인 간의 국민성이랄까 기질의 차이, 문화적인 어떤 깊은 뿌리의식을 보는 것 같아 아연해진다. 영국인은 아리스토텔레스로부터 도버해협을 건너온 경험주의에 충실하다. 바다라는 삶의 터전은 관념보다 현실이다. 현실적이고 보수적 기질이 강하다. 그렇다고 그들이 수구적일 것이라고 생각하면 오산이다. 근현대로의 문명전개는 영국을 빼놓고는 생각할 수 없다. 일찍이 확장을 시작한 학문과 언로는 경험을 이상에 접목시켜 현실변화를 유도하는 동력으로 삼았다. 『오만과 편견』의 주제의식과 서사방식이 그 점을 보여준다.

프랑스인은 자유스럽고 낭만적인 기질을 지녔다고 말한다. 나는 오래 전 인류 보편이상을 제시한 프랑스혁명은 프랑스인의 기질적 특성이 가능하게 한 것은 아닌가 생각한다. 낭만적인 성질은 어지간한 세속의 간난신고는 견디도록 한다. 그러나 어떤 한계를 넘어서는 순간 날카롭게 현실을 재인식하고 변화를 모색하는 동력으로 반전한다. 자유스럽고 낭만적인 성향이 반대로 현실곡절을 가장 예민하게 인식하는 성질 탓이다. 사족이지만 문학과 문화예술의 새로운 사조는 프랑스를 빼놓고 생각하기 어렵다. 『보바리 부인』은 순정하고 진실하게 표현(묘사)한다면 사건과 인물이 완전하게 설명될 수 있다는 사실주의 믿음에서 시작되고 믿음에서 끝난다. 『오만과 편견』은 논리적이고 반어적인 표현을 빌려 시대를 풍자한다. 문학은 자신이 숨쉬는 문화 속에서 태어난다. 어디 문학뿐이겠는가.

문학 이야기, 성찰

문학은 재현묘사를 통해 삶을 이야기(서사화)로 창작하는 것이라고 말한다. 시는 소재(사건)를 자체적으로 완결된 주제로 형상화하고 소설은 반대로 주제를 소재의 형상화를 통해 드러내는 것을 구한다. 쉽게 말하자면 시는 이야기에서 뼈를 추려 곧추세우고, 소설은 뼈에 살을 붙여 이야기를 꾸려놓는다. 그것들은 작가의 직간접 체험을 사실적으로 묘사하기도 하지만 사실과 무관한 작가의 구상(허구적 상상. 그러나 그것조차도 분명 작가의 직간접의 경험에서 비롯된다)을 빌려 창작된다. 결국 모든 문학작품은 작가의 직간접 경험과 경험에서 반추된 작가의 생각(총체적 사유)을 적는 일이다.

창創은 처음으로 없던 것을 생성시킨다는 뜻이고 작作은 원래 없었던 무엇을 지어낸다는 의미다. 수필은 문학이다. 삶에서 길러 올린 성찰省察을 서정抒情과 서사敍事를 빌려 표현하는 문학이라고 말한다. 그렇다면 수필이 성찰의 문학이라고 지칭하는 이유가 있을 것이다. 성찰은 반성하여 자기를 살피고 깊이 생각한다는 뜻이다. 즉 자신이 불러일으키는 생각(사유)을 의미한다.

수필을 성찰의 문학이라고 할 때 결국 수필은 자신의 직간접 경험을 되돌아보는 데서 오는 생각(사유)의 기록이라고 할 수 있다. 다른 장르와 다르게 수필을 성찰이라고 말하는 특별한 지시는, 사건과 사물들에서 오는 작가의 생각(성찰)을 그려내라는 지시인 것만 같다. 그것이 수필을 성찰의 문학이라고 할 때 적확한 의미로 보인다. 여기서 생각은 당연히 작가 자신이 새롭게 발견한 것 혹은 재발견(익숙했던 것을 다르게 본 관점)한 인식의 세계다. 결국 수필은 '발견과 재발견의 인식을 다루는 문학세계'라고 할 수 있다.

우리는 수필에서 요구하는 "사실로 그린다"라는 주문을 이해할 필요가 있다. 왜 경험의 사실성을 요구하고 있는가를 생각해보는 일이다. 수필에서 요구하는 사실성은 소재의 사실 나열이 아니고, 무엇엔가 가려져 있는 본래 면모를 재현묘사에 실어 말하라는 요구다. 사물을 치밀하게 관찰하여 자신만의 인식을 통해 인정물태의 진실을 발견하는 문학적 변주가 중요하다는 뜻이다. 우리들 삶과 사물과 세계에 새로운 시각을 구하려는 노력이다. 사실을 정확하게 재현한다는 것과 문학작품에서 사실 구하기를 혼동해서는 안 되는 이유다. 실은 심각한 것들을 충분히 심각하지 않은 표정으로 말하는 변주가 문학이다. (그러므로 나의 첫 수필집은 실패의 기록이다. 그러나 나는 이 실패로부터 다시 시작하겠다.)

글은 그렇다. 어떤 사건이나 사물이 무언지 모를 어떤 것이지만 나에게 다가오는 것을 알아보는 일이다. 그리고 가만히 바라보고 생각해보는 것이고 누군가에게 질문하는 것이다. 잊고 있었던 과거의 한 기억이 오늘에 겹쳐지며 꼬물거리며 오늘이 약간 슬퍼지거나 외로워지거나 분노하게 하는 것을 느끼는 일이다. 그것을 외면하지 않는 일이다. 그러니 약간 예민해야할 터다.

문학 이야기, 재미

시와 소설을 비롯한 모든 문학작품은 재미있어야 한다. 이것은 어김없는 사실이기도 하고 작가와 독자, 출판사 모두가 바라마지 않는 희망이다. 그렇다면 무엇보다 우선 문학에서 요구되는 '재미'라는 주문을 정리해볼 필요가 있다. 재미는 아무래도 육체적이기보다 정신적이다. 육체적인 것은 재미라고 하기보다 쾌락이라고 하는 것을 보아도 그렇다. 『달과 6펜스』의 작가 서머싯 몸이 쓴 「불멸의 작가 위대한 상상력」의 첫 장 소제목은 '소설은 놀이다'이다. 뒤이어 "소설의 목적은 가르침이 아니라 즐거움이다"라고 시작한다.

몸은 세계 문학작품 중 10편을 뽑아 자신이 재미있다고 선정한 이유를 비평을 겸해 전개한다. 10편의 작품에 대해 쓴 글을 읽고 있노라면 은연중 몸이 선정한 이유가 드러난다. 그런데 아이러니하게도 그가 선정한 작품해설에는 재미보다 선택된 작품이 품고 있는 시대성에 대한 충실성, 인간 본성에 대한 폭넓은 이해, 새로운 발견과 해석, 처음으로 내딛는 문예사조의 전개, 날카로운 통찰을 빌려 변주해내는 문장솜씨 등의 다양한 평으로 주제를 이끈다.

예컨대 제인 오스틴의 『오만과 편견』에 대해 "오스틴은 평범한 일상을 감각적 기교 없이 솔직담백하게 썼다. 그녀는 너무나 분별 있고 유머가 넘쳐서 낭만적인 사람이 될 수 없었다. 대신에 날카로운 통찰과 반어 그리고 날렵한 재치로 상식을 비상식으로 변주해낼 줄 알았다"고 에드워드 기번의 평을 인용한다.

스탕달의 『적과 흑』에는 "극심한 변동기에 모든 종류, 모든 계층의 인간들에게 자신을 내던져서 복잡 미묘하고 변덕이 심하며 기괴하기 짝이 없는 인간의 본성을 꿰뚫어보는 날카로운 통찰력, 폭넓은 사물의 속성을 정확히 간파해내는 재능, 독창성 면에서 본다면 소설가들 중에서 제일가는 인물이다"라고 적었다.

발자크의 『고리오 영감』은 "사회의 초상화를 그리는 자로서 발자크의 두드러진 재능은 사람들을 서로 간의 관계 속에서만 파악한 게 아니라 그들이 몸담고 있는 세계와의 관계 속에서 파악했다는 데 있다. 독창적인 사상 발명 발견 등에 있어서 천성적인 비범한 능력…". 결국 재미라는 층위의 욕구가 단순한 감정의 만족에 불과한 것이 아님을 노정하고 있다. 소설의 재미는 무엇보다 통찰력과 독창성에서 비롯되는 것임을 말하고 있다.

그도 그럴 것이다. 우리들 생리가 그렇게 되어 있다. 분명 하나의 체험은 그 순간과 공간과 사물과 사태는 유일한 그만의 것은 맞다.

그러나 일상의 모습은 필부필부의 삶으로 대동소이하다. 자신만의 특별한 것이라 여기지만 실은 모두 다 엇비슷한 경험을 하며 산다. 우리가 가진 외재적 규율과 반복 주입되는 학습이 그렇게 만들고 내적인 의식구조마저 동일한 반응을 일으키도록 유전되어 있다. 그러니 누구하고도 다른 이해(통찰력과 독창성)에 먼저 눈길이 가게 마련이다. 글은 자기만의 목소리일 때 지순해진다.

세상의 모든 문학작품이 가리키고 있는 곳은 끝내 인간이다. 문학은 인간 본성, 천박함과 고귀함을 빌려 자기 앞의 생의 본래 모습을 찾으려는 것이자 피조물로서 근원적인 물음에 임하는 것이라고 한다. 수필을 오늘의 인간세를 가장 사실적으로 접근하여 표현하고 해석하는 첩경의 문학이라고 말하고, 한편으로 신변잡기라고 자조하고 폄하하기도 한다. 분명 상반된 두 견해의 틈새에 수필은 존재한다.

시가 인간세에 지고한 열정이라면 수필은 지극한 정성이다. 나는 그렇게 생각한다. 삶의 끝단에는 슬픔이 있고 슬픔 끝에는 고요가 놓여 있다. 그 고요가 수필의 몫이라고 여긴다. 부언하고 싶은 것이 하나 있다. 누가 무어라고 하든 글을 쓴다는 것은 고귀한 영혼을 찾는 일이다. 고상한 삶을 모색하는 것이다. 그러니 열심히 생각하고 열심히 쓰자. 열심히 제 갈 길을 가는 사람의 뒷모습이 추할 리가 없다.

문학 이야기, 기행수필

여행은 무엇일까, 일상을 벗어나 공간과 시간을 새로운 시선으로 만나는 것이다. 시공간 속에 놓인 자연과 도시와 유적과 예술품을 돌아보고 그것들 역사와 그것들에 켜켜이 쌓인 인간의 좌절과 소망을 엿보는 일이다. 어쩌면 그것들과의 조우에서 찾아오는 지극한 관조의 순간이거나 겸허한 질문일 수도 있다. 그러니 기행수필은 공간의 풍경과 시간의 덩어리가 열리고 닫히는 순간들과 나와 우리가 겹치는 숙명적인 것들에 대한 소회이기도 하다.

내게 여행은 아직도 느닷없는 통증에 훌쩍 떠나고 마는 젊은 날의 치기 같은 그런 것이다. 비바람 거세게 태풍 부는 날이면 어김없이 낚싯대 하나 달랑 들고 아무도 없는 강에 나가 홀로 하는 밤낚시를 좋아했던 것도 그런 성질 탓이다. 성난 강물과 칠흑 같은 어둠, 비옷 위로 온몸을 두드려대는 비바람, 혼자라는 공포에 가까운 무서움과 원인 모를 편안함, 그리고 대물에 대한 사정없는 욕망, 그런

날 밤은 제 몸을 태우며 찌를 향해 내쏘는 카바이트 칸데라 불꽃처럼 내가 살아 있는 것 같았다.

여행은 지극히 사적인 영역이자 특별한 감정영역이다. 당연히 기행수필은 개인의 창의이고 주관적인 시선이자 발견인 독창성을 띨 수밖에 없다. 이상하지만 우리는 본래적으로 혼자만의 만족에 그치지 못한다. 다른 누구와 함께 이해에 도달하기를 원한다. 태생적으로 문학은 더욱 그렇다. 그래, 기행수필은 자신만의 특별한 경험을 다른 사람도 공감할 수 있는 보편(객관화)의 성질로 꾸며내야 하는 어려움을 안고 있다. 누구든 굳이 배우지 않아도, 경험하지 않아도, 본래적으로 선함이라든가 옳은 것이라는 의식을 가진다. 보편은 그처럼 말과 글에서 배워 알기 이전의 몸에 새겨져 자각하는 그런 것인지도 모른다. 결국 기행수필은 독창성이라는 요구와 함께 보편이라는 성질의 균형을 요구 당한다.

도시와 역사적 유적과 유물, 이름난 예술작품은 요즘 사람들에게는 익숙하다. 문명의 기록은 넘쳐난다. 부러 찾아나서지 않아도 여행지와 대상에 대한 일반적인 정보는 물론이고 어지간한 지식(?)도 어렵지 않게 섭렵할 수 있다. 조금만 노력하면 영상이나 사진, 작품 해설, 그에 관련된 사건이나 관계들에 대한 것은 구할 수 있다. 어떤 면에서는 선제적 학습으로 선입관에 빠져 오히려 감상을 방해받을 수 있다 해도 과언이 아니다.

영상이나 사진과 글은 대상을 의도적으로 실재보다 강렬한 정경으로 치장시켜 보여준다. 특별한 흥미와 감상을 일으키도록 선택된다. 우리는 대상 전체를 보는 개방된 시선이 아니고 선택된 부분을 전체의 조망으로 인식하게 되기 쉽다.

그래서인가 기행수필이 어떤 점에서는 정형화된 형식과 내용으로 흐르고 마는 것을 자주 접한다. 여행지와 대상의 역사적 유래와 형상, 곁들여 구전되어온 상징적인 이야기, 그리고 동행하는 사람들 이야기로 서술된다. 문제는 기행수필이 이런 통념적인 서술형식을 피하기 어렵다는 데 있다.

내가 보는 고찰의 대웅전은 다른 누가 보아도 같은 대웅전일 뿐이다. 한정된 공간 속에 누천년 모습 그대로 형상이다. 내가 보고 느낀 것을 다른 누구도 그렇게 보고 느끼게 마련이다. 굳이 다르다면 삶의 이상과 가치관이라는 의식에서 오는 차이다. 각자의 이상과 가치관은 우리에게 각기 다른 삶의 지향점이 되는 것이니 그 시점에서 보는 만큼은 산과 산사와 그곳 수행자들 모습은 누구와도 다른 느낌으로 바라볼 수 있다. 생에서 습득된 통찰이거나 오랜 배움에서 오는 인문적 통찰이라고 해도 좋다. 기행수필 어려움은 거기에 있는지도 모른다.

예술작품은 자신이 재현하는 대상을 모방하긴 합니다. 그러나 예술작품의 목적은 재현 그 자체는 아닙니다. 대상을 모방하면서 그 대상을 다른 것으로 만듭니다. 재현된 대상이 아닌 어떤 현실을 투사하는 것입니다. 이 목적은 재현된 현상이 아닌 어떤 현실을 투사하는 것…. 예술작품은 모방하는 척만 합니다. 그리하여 우리가 느끼는 현재를 새롭게 만들어 어떤 정신적 충격과 활로를 여는 것입니다.

내 기억이 맞는다면 라캉의 세미나 「제7강해」에서 읽었다. 물론 기행수필에 해당한다고 하기는 의문스러울 수 있다. 기행수필과 무슨 관계냐고 물으면 대답할 말은 없다. 다만 수필이 성찰의 문학이라고 자위한다면 풍경과 풍경에 가라앉아 있는 '왜'와 '무엇'이라는 의문부호를 함께해야 하는 것은 아닐까. 굳이 보태자면 이름 없는 문명의 부역자들의 헌신과 희생에도 예민해지는 일이다. 시간의 덩어리에 묻히고만 세상을 탓할 수도 없는 약한 것들에 보내는 시선 같은, 유한한 인간의 숙명에 대한 견딤이자 희망의 좌표들을 생각해보는 일이다. 그것이 성찰이 아닌가 한다. 돌아봄에서 길어올리는 수필미학 혹은 수필윤리라고해도 좋고, 자연과 인간에 대한 소소한 반성이라고 해도 좋다.

글이나 그림으로 형상화되는 풍경은 이미 물리적인 풍경, 산수나 사물로 남지 못한다. 사유가 만드는 이미지를 품고 겹치게 되는 때문이다. 풍경에 작가 내면의 모습이 외화된다. 완당 김정희의 〈세한도〉 한 칸 모옥을 세우고 있는 기둥과 가로지른 굵은 용마루는 집이되 집이 아니다. 그것은 물리적 실물이 아니라 완당 심연에 고인 회심이자 면면한 정신의 투사다. 완당은 일시적인 세속사물을 변하지 않는 영원한 심상으로 회귀시키고 있다.

그렇듯 수필에서 말하는 풍경은 눈앞의 자료적 인식에서 인간이 희구하는 의식세계로 나가는 것을 말한다. 바로 그것이 기행수필의 관습적 사실보고서술을 피하고 풍경화를 벗어난 발견을 이야기하게 되는 지점이다. 형편이 이러니 누군들 기행수필이 어렵지 않겠는가.

이 글을 쓰면서 어떤 생각이 희미한 채 계속 따라다녔다. 문득 통찰은 글을 쓰는 것에서 모습이 만들어지는 것은 아닌가 하는 생각. 그러니 열심히 쓰는 수밖에 없겠구나 하는 그런 것. 생의 모습과 사유의 길은 어떻게든 얽혀 있다는 것.

책을 읽는다

인생 황혼에 늦었지만 다행히 책을 읽는다. 비록 오늘 읽은 책 내용이 하루 이틀은 그런대로 버텨주지만 며칠이 지나면 과연 내가 저 책을 언제 읽었는가 하게 되고 말지만 그래도 읽는다. 책은 그동안 무심코 지나치고 말던 것들에 새로운 눈으로 바라보게 만든다. 가족에 대한 의무와 책임과는 별 상관이고 실제 현실과도 무관한 그런 책읽기에 빠지는 나를 가끔 회의의 시선으로 보기도 한다.

상처는 특정 사실에 대한 자각증상이지만 회한은 자신의 삶에 대한 반응이다. 그러니 상처는 시간과 함께 묽어질 수 있지만 회한은 시간과 함께 더 진해진다. 내가 책을 읽고 글을 쓰는 것은 실은 이런 회한을 이겨내고 스스로 무언가 하고 있고 할 수 있다는 자존감을 잃지 않기 위한 선택인지도 모른다.

내가 사는 세계는 서구문명이 가져다준 피할 수 없는 세계다. 어느 것 하나 거기에서 벗어나지 못한다. 배에 실려왔던지 비행기에 실려왔던지 했을 것이다. 언제부터인가 그들의 오늘이 되도록 한 바탕은 무엇이었을까 궁금했다. 그 탓인가 요즈음 곁에 둔 책들은 그들을 오늘의 모습으로 이끈 서구정신이 담긴 철학책이다.

철학이 무엇인지도 모르는 내가 읽어내기에는 버겁다 못해 지겨웠다. 그랬던 것이 이제 조금씩 글이 눈에 들어오기 시작한다. 그들의 생각에 '왜'라는 의문부호에 빠지기도 한다. 혹시라도 자신들 삶을 제한(?)하고 있는 기독교 유일신에 대한 믿음과 의심의 충돌이 그들로 하여금 조물주인 신을 대체할 초험적 정신으로서의 이성을 찾아나서게 한 것이 근현대철학을 이룬 것은 아닐까 문득 스치기도 한다.

책을 읽다보면 영국은 같은 유럽문명권에 속하는데도 분명하게 다른 의식구조를 가진 것은 아닌가 하는 의문이 드는 때가 있다. 그렇다고 프랑스와 독일이 같다는 말은 아니다. 분명 그들도 다르다. 그러나 그들은 생각의 뿌리가 한곳에서 시작되고 자신들의 기질과 성격으로 갈라져 있음이 눈에 들어온다. 말하자면 대륙이라는 근접성이나 친연성이 상호 교집되고 있다. 이에 반해 영국은 대륙과는 생각의 뿌리가 다른 것은 아닌가 하는 생각이 든다.

내가 사는 지구는 7할의 바다와 3할의 육지로 이루어졌다. 고대로부터 지금까지 바다는 육지와는 다른 위험하고 특별한 곳이다. 로마제국과 노르만족(바이킹)을 끝으로 유럽대륙세력은 누구도 무력으로 도버해협을 건너지 못했다. 영국은 그런 바다로 둘러싸인

섬나라다. 그들은 자신들의 필요와 요구를 충족시키기 위해서는 바다를 필연적으로 마주해야 했다.

바다는 언제든 호락호락하지 않다. 이 호락호락하지 않은 바다는 경험이 주는 지식체계가 최선이라는 것을 깨우치게 했을 것이다. 바다와의 맞상대는 이상과 사고를 통해 개념화된 세계를 추구하는 지식체계보다 실제 경험이 가성비가 높다는 의미다. 영국이 플라톤의 이데아의 세계보다 아리스토텔레스의 경험주의철학을 선호하고 택한 이유다.

돌아보면 소크라테스의 사물들, 본질을 발견, 규정하고 정립하는 '너 자신을 알라'라는 인식으로부터 플라톤은 이데아(본래의 뜻은 형상, 눈에 보이는 것이었으나 차츰 알게 된 것, 불변의 사물원형, 참된 존재, 진리인 것, 즉 사물들과 구별되는 추상적이고 관념적인 인식으로 정초되었다)에 천착한 세계를 탐했다. 플라톤이 남긴 저작은 고도한 문학적인 표현을 이루고 있다고들 말한다. 그의 기질 성향이 인문주의적이었음을 보여준다. 플라톤이 이데아세계를 꿈꾸고 에로스(진리에 대한 예지豫知를 사랑하는 것)를 철학의 바탕으로 삼게 된 것을 이해하게 한다.

이와는 반해 아리스토텔레스는 논리학을 창시한 데서 보듯 추상보다 실재적인 명증에 적합한 용어를 사용했다. 논리란 정확하게 사고하는 기술과 방법이다. 동기와 목적과 원리와 형식을 명료한 논박 속에 충실하게 설명한다. 그러니 경험과 관찰이 중요한 자리를 차지하는 구조다. 유럽대륙과 다른 자연환경 때문에 경험이 무엇보다 소중한 지적 가치를 이루게 되는 영국에게 아리스토텔레스의 필리아(철학의 어원이자 우정과 동료애를 뜻한다)를 모토로 삼은 경험주의철학 선택은 자연스러운 일로 보인다.

대륙은 바다보다 안전하다. 자연의 변화질서는 비록 상대적이지만 순응적이다. 유럽대륙은 계몽주의를 거치며 종교전쟁, 계승전쟁 등의 온갖 별의별 전쟁으로 휴지기보다 전시상태가 상시적이다시피 한 환경이었다. 계몽주의와 상시적 전쟁이 가져온 혼란은 현세보다 미래에 희망을 거는 것을 자연스러운 현상으로 받아들이게 만든다. (그것은 종교가 가장 손쉽게 위안을 가져다주는 영역이 될 수 있고 이성이 참됨과 진리의 구함이라는 철학적 명제에 천착하게 만드는 동기를 부여한다.) 대륙철학이 극도의 관념론에 몰두하게 된 이유 중 하나다. 현실에 좌초하든 맹렬하게 극복하든 어쩔 수 없이 안주하든 그래야 했을 것이다.

인류문명사에 가장 격정적이고 결정적인 사건, 혁명과 좌절(평등사회를 꿈꾸던 프랑스혁명. 공산사회를 꿈꾸는 마르크시즘혁명)은 유럽대륙의 것이다. 이 모두가 플라톤의 이데아적인 이상을 추구하는 관념론에 뿌리를 둔 사상적 배경을 가지고 있음은 우연이 아니다. 프랑스 구조주의, 해체주의 등이 보여주는 것도 독일 관념론이라는 한 뿌리에서 독일인과는 다른 프랑스인의 기질과 성격으로 치장된 것임을 드러내준다. 그리고 그들이 이데아적인 세계에 좌절하고 회의했음을 보여준다. 인간이 무엇인가를 희구하는 것은 바로 그것들이 결핍되어 있고 실패했다는 것을 뜻한다.

서구는 동양이 가진 인륜적인 규율세계가 아니다. 서구에는 탄생과 인과의 상벌을 주재하는 창조주 유일 신앙이 있다. 완전하고 온전한 절대의 말씀이 규율로 작동해왔던 세계다. 이 말은 인간 행위로서 잘못이 아닌 것이 신의 말씀에는 잘못일 수 있다는 의미다. 윤리도덕체계가 가늠할 수 없는 영역이 있음을 가리킨다.

성경은 인간이 생각하고 상상해낼 수 있는 무한히 깊고 넓고 높은 최고이자 최선의 성스러움과 희망과 죄악을 말씀 속에 생생하게 살아 있도록 심어놓았다. 가끔 서구인들의 문명은 신을 향해 결정적으로 정립시켜놓은 유일 신앙의 힘이 아닌가 생각이 들 때가 있다. 기독교와 기독교의 수호자들과 또 그것들에 맞서며 진보해온 문명사를 보면 그렇게 느껴진다. 서구문명이 경이롭고 강하며 아름다울 수 있는 이유이며 잔혹하고 맹목적이고 날카롭고 흉험하기까지 한 원인이 아닌가 생각한다.

그들에게 철학은 신에게 다가가거나 대체할 수 있는 길을 찾는 것이었으며 신을 의심할 때조차 '신에 대한 지적 사랑(스피노자)'이었다. 서구문명은 결여의 운명체이고 유한성을 지닌 인간이 영원과 무한의 충만을 구하는, 어떠한 것도 피하지 않는 매혹적인 세계다. 세계는 이미 그러한 서구문명에 기생하고 있다. 우리는 그것을 벗어날 수 없다. 기호지세騎虎之勢가 되어버린 탓이다. 누구도 책임이 없지만 누구도 책임에서 자유로울 수도 없게 되었다.

늦게나마 다시 책을 읽는다. 고뇌에 찬 정신과 무한하게 높은 영혼을 마주한다. 덕분에 내 자신을 자각하고 내가 서 있는 자리에서 최소한의 인간다운 품성을 지키려한다. 나쁜 선택을 하지 않기 위해, 내 삶 앞에 뻔뻔해지지 않기 위해 생각한다. 생각은 인간이 인간다울 수 있는 처음이고 마지막인 조건이다.

풍경

1963년, 때 이른 초여름 일요일이다. 하얀 모시옷을 입은 조성북 국민학교 박 선생님이 맑게 흐르는 새재천 모래톱에서 유리 어항처럼 생긴 어포기를 들고 초등학생마냥 잇몸을 보이며 즐거워하고 있었다. 어포기에는 울긋불긋한 피라미와 송사리 몇 마리가 우왕좌왕하였다. 걷어올린 팔목과 흰 종아리가 초여름 햇살에 시원하게 웃었다. 당신 혼자 이른 천렵을 하고 계셨던가. 해는 중천을 지나가고 바람은 선들했다. 천변 둑에서 풀이 기웃하고, 황새 한 마리가 고요히 날아 지나갔다. 잠시 시름을 내려놓으신 초하의 풍경이 모처럼 걱정 없는 얼굴로 태연자약했다.

박춘 수필집
그것을 이해해야 한다

지은이_ 박춘
펴낸이_ 조현석
펴낸곳_ 북인
디자인_ 푸른영토

1판 1쇄_ 2024년 07월 25일

출판등록번호_ 313-2004-000111
주소_ 121-838 서울 마포구 서교동 460-34, 501호
전화_ 02-323-7767
팩스_ 02-323-7845

ISBN 979-11-6512-091-7 03810

책값은 뒤표지에 있습니다.
저자와 협의 아래 인지를 생략합니다.